T0293996

Fernando el Temerario

Editorial Bambú es un sello
de Editorial Casals, SA

© 1990, José Luis Velasco
© 1990, Editorial Casals, SA
editorialbambu.com
bambulector.com

Diseño de la colección: Miquel Puig
Ilustración de la cubierta: Cover

Trigésimocuarta edición: marzo de 2023
Decimonovena edición en Editorial Bambú
ISBN: 978-84-8343-032-3
Depósito legal: M-13.612-2011
Printed in Spain
Impreso en Anzos, SL, Fuenlabrada (Madrid)

Fernando el Temerario
José Luis Velasco

bam bú

EDITORIAL

PRIMERA PARTE *La gran derrota*

1
El mensajero

Ahora, cuando ha pasado tanto tiempo desde la gran batalla y mis ojos apenas perciben ya la luz, me pongo a escribir sobre algunos recuerdos, tan antiguos, que casi se han borrado de mi memoria. Quisiera que quienes leyeran estas líneas en años venideros pudieran sacar algún provecho de ellas para su propia vida. Tan solo es ese mi propósito al comenzar la deshilachada crónica de mi mocedad. He pasado muchas vicisitudes de la fortuna. Hoy, en todos los rincones de este reino de Castilla, me conocen como el Caballero de Alarcos, pero hubo un tiempo en que sólo fui un pobre chiquillo perdido por los campos de La Mancha...

Lo recordaré siempre. La noche del 12 de julio de 1195, me desperté sobresaltado en la madrugada. Los truenos retumbaban en el páramo como carretas que se despeñasen desde el cielo y la luz de los relámpagos iluminaba nuestra

pobre casa lo mismo que si fuese de día. El violento agua-
cero se colaba por la techumbre de paja y el olor a campo
mojado se extendía por toda la estepa.

Me levanté de un salto, pero no a causa de la tormenta.
Entre el fragor de los truenos había escuchado otra cosa
que me alarmó: las pisadas de un caballo al galope aproximándose a nuestra casa. Dejé el montón de paja donde
dormía junto a mi padre y corrí hacia el ventanuco. A la
luz de un cegador relámpago vi a un jinete solitario que
avanzaba hacia nuestra vivienda. O se había perdido en la
planicie o venía en busca de mi padre. Siempre que un jinete se aproximaba a nuestra puerta era para traernos des-
gracias.

–¡Padre! ¡Padre, despertaos! –le dije, mientras zaran-
deaba su cuerpo huesudo.

Se incorporó soñoliento.

–¡Un hombre a caballo viene hacia aquí!

Al oír aquello, mi padre se puso en pie al instante para
precipitarse hacia el ventanuco. Con los fulgores de la tem-
pestad pude ver su cara barbuda traspasada por la preocupación.

El jinete, que se guarecía de la lluvia con un manto pro-
visto de un gran capuchón, se había detenido ya frente
a nuestra casa. La piel del jadeante caballo brillaba cada
vez que una centella cruzaba el firmamento. El hombre
descabalgó.

–¡Abrid! –gritó con voz imperiosa–. ¡Abrid en nombre
del rey!

Mi padre, completamente azorado, tomó el candil y abrió

la desvencijada puerta de tablas. El desconocido se aproximó chapoteando en el lodo. Tuvo que agacharse para poder traspasar la puerta, tan alto era. Mis ojos de niño se fijaron en aquella cara, que se ha quedado grabada en mi memoria durante ochenta años. Su barba era enmarañada y grasienta, una gran cicatriz morada le cruzaba el rostro y le faltaba un ojo. Le echó una mirada torva a la única pieza de nuestra vivienda. Las goteras caían por todas partes y nuestras dos gallinas se habían despertado.

–¿Tienes algo de comer? –fue lo primero que dijo dirigiéndose a mi padre.

–No, señor...

Y era verdad, pues aquella noche no habíamos cenado. Miró las gallinas.

–Mata una...

– Lo haré, señor –respondió mi padre–. Pero, ¿cuál es la causa por la que tengo el honor de que piséis mi casa?

El hombre, sin decir nada, se sentó sobre el montón de paja donde dormíamos y, del interior de su manto chorreante, sacó un rollo de pergamino bastante arrugado. Se lo tendió a mi padre.

–Lo siento, señor, pero no sabemos leer... Ni yo, ni mi hijo...

Entonces, el mensajero nos miró con su único ojo, que era terrible.

–Leedlo vos si os place –le dijo mi padre.

El visitante lanzó un gruñido y meneó la cabeza, indicando que él tampoco sabía de letras.

–Al menos conoceréis su contenido...

–Desde luego... es una orden para que todos los siervos que viven en las tierras del rey se incorporen a sus huestes...

Mi padre, con un gesto instintivo, me cogió por los hombros y me apretó contra su cuerpo.

–¿Hay...? ¿Hay otra vez guerra contra los árabes?

El recién llegado le miró a los ojos con expresión de burla y de desprecio.

–¡Labriegos ignorantes! ¡Nunca os enteráis de nada! Un gran ejercito musulmán, compuesto por muchos miles de hombres, desembarcó en Tarifa a primeros de este mes y se dirige hacia aquí en son de guerra... Ya se encuentra a pocas jornadas de estas tierras... Nuestro señor, don Alfonso VIII, que Dios guarde, le va a presentar batalla en el cerro de Alarcos, frente al castillo...

Vi cómo en el rostro de mi padre se reflejaba una gran angustia.

–¡Señor, yo no podré ser útil en la batalla! Tengo treinta y ocho años, pero los padecimientos que he pasado en la vida hacen que ya sea como un viejo... Tengo que cuidar de mi hijo... Vivimos solos él y yo intentando sacar de esta tierra algo de provecho...

–¿Y tu mujer?

– Murió hace ocho años, al nacer el muchacho...

Nos miró con su ojo rojizo.

–Las cosas son como son... –replicó después con voz ronca–. Dentro de tres jornadas deberás estar en el castillo, con tus armas y comida para tres días. No puedo decirte otra cosa... Ahora, mata esa gallina.

Mi padre apretaba con tanta fuerza mi hombro, que casi me hacía daño. Su mirada impotente brillaba a la luz del candil. A mí se me hizo un nudo en la garganta y le dije:

–No os preocupéis, padre. ¡Yo iré con vos!

Después de un largo silencio, me contestó.

–Tú tienes que quedarte aquí cuidando de la casa...

Eso me dijo cuando yo contaba sólo ocho años.

Mi padre mató la gallina, encendió el hogar y la asó. El terrible mensajero, después de hartarse de comer, se tumbó con toda su ropa mojada sobre nuestro montón de paja. Poco después, sus ronquidos se oían tanto como los truenos. Mi padre y yo nos tendimos junto a él, pero no pudimos dormir en toda la noche. Mi padre pensaba y pensaba, con la vista fija en el techo, y no contestaba a mis preguntas.

Debí dormirme un momento antes de amanecer, porque, de pronto, abrí los ojos y era ya de día. El mensajero había desaparecido. No llovía, pero por el ventanuco entraba la luz grisácea propia de un día tormentoso.

Mi padre tampoco estaba a mi lado. Sentado sobre el montón de paja, le vi dándole manteca a una vieja espada de hierro, no muy larga, pero recia. También tenía junto a sí un antiguo escudo oxidado, grande y cuadrado. De un salto me coloqué a su lado.

–¡Son las armas del abuelo! –exclamé–. ¿Dónde las teníais escondidas?

Él no contestó. Me miró y aún recuerdo la expresión de sus ojos. Era la mirada más triste que he visto en mis largos años de vida. Luego, empezó a hablar, como si lo hiciera para sí mismo, con una voz rara y monótona.

–Partiré en cuanto acabe de limpiar las armas... Estamos a cuatro leguas del castillo y son tres días los que tardaré en llegar andando por caminos embarrados... Ya sabes cuáles son tus obligaciones aquí... No sueltes a la cabra, que se te irá... Come huevos y leche... Si...

Su voz se cortó y pareció atragantarse.

–Si... Si tardo más de tres meses en volver, encamínate a Miguelturra... Allí tienes unas tías... Búscalas... Pide limosna por los caminos, pero no dejes que te atrapen para meterte en un hospicio...

Me estuvo haciendo toda clase de recomendaciones mientras limpiaba las armas. Sería la hora prima cuando se puso en camino. No pudo llevarse ninguna comida en el zurrón, pues nada había en nuestra casa. Le acompañé hasta el recodo que hace la vereda en el campo de Manrique. Allí nos detuvimos los dos, como si nos hubiésemos puesto de acuerdo. Mi padre me abrazó con tanta fuerza, que creí me iba a romper todos los huesos. Cuando se separó, vi que tenía los ojos empañados por las lágrimas.

–Adiós, hijo mío, que la Virgen te proteja –me dijo con voz entrecortada.

–Adiós, padre –le respondí yo, intentando que no se notasen mis ganas de llorar.

Me estuve quieto, viéndole alejarse por el camino, hasta que fue como una figurilla diminuta que se perdió tras un desnivel del terreno, a lo lejos.

Luego, me volví corriendo a nuestra casa. Iba descalzo y los pies se me hundían en el barro y en los charcos. Tenía muy bien determinado lo que iba a hacer, pese a las órdenes de mi padre. No quería separarme de él ni dejarle solo. Con la inconsciencia de la niñez, en cuanto llegué a nuestra casa desaté la cabra y la dejé libre para que se fuera donde quisiese. La gallina ya estaba picoteando por el campo. Atranqué la puerta lo mejor que pude y luego me dirigí a la parte trasera de la casa. Allí, sobre un suave montón de tierra, destacaba una tosca cruz de madera. Era la tumba de mi madre. Me puse de rodillas y recé un *paternoster*.

–Adiós, madre –dije en voz alta–. Me tengo que ir con padre. Pero volveré.

Luego, me incliné para besar la tierra de la tumba. Sentí en mi rostro el viento húmedo y tibio que atravesaba la llanura. Por el cielo corrían nubes de color plomo que amenazaban con descargar otra tormenta.

Entonces me puse en camino tras mi padre. Corrí con todas mis fuerzas a fin de alcanzarle. Mi intención era caminar tras él sin que me viera, manteniéndome a cierta distancia.

Cuando llegué al recodo del campo de Manrique, detuve mis pasos y me volví. Miré a la mísera vivienda donde habían transcurrido mis cortos años de existencia y me subió por el pecho una pena tan grande como nunca la había sentido antes. Los escasos viajeros que atravesaban la llanura, procedentes de otros reinos más fértiles, decían que nuestro campo era feo y triste. Pero, en aquel momento, a mí me pareció el más hermoso del mundo. Estuve con la vista fija en nuestra casa durante un buen rato y tuve el presentimiento de que jamás volvería a verla.

2
El castillo

El día 1 de junio de aquel mismo año, el rey árabe Abu Yacub Al Mansur había cruzado el estrecho de Gibraltar con un formidable ejército y enseguida se puso en marcha hacia el interior de la península.

Por los polvorientos caminos de Al–Andalus, el sol sacaba brillos en los cascos de los oscuros jinetes musulmanes y en las puntas de sus lanzas. Las banderas, estandartes y gallardetes de vivos colores ondeaban bajo el bochorno del verano.

La comitiva era tan larga, que ocupaba varias leguas, y cuando la cabeza se detenía para desplegar las tiendas al final de una etapa, las retaguardias apenas habían abandonado el campamento anterior.

Se trataba, en realidad, de una llamativa corte ambulante. El cortejo no sólo estaba formado por aguerridos combatientes benimerines, hintatas, wadíes, banutuyines, haksuras o gomaras. También avanzaban con ellos los consejeros, visires y maceros del rey; los tribunales de justicia y los harenes de los jefes, así como obreros, artesanos y toda clase de sirvientes y esclavos. La inmensa impedimenta de aquel pueblo ambulante era transportada por mulas y camellos.

Cuando se desplegaban las tiendas, la vida se organizaba en los campamentos como si se tratara de una ciudad africana. Y todo tenía allí una riqueza y finura como aún no conocíamos en los reinos cristianos.

A principios de julio, Abu Yacub Al Mansur cruzó los montes de Sierra Morena y se dirigió hacia el castillo de Alarcos. Era éste un lugar fronterizo no suficientemente guarnecido por las tropas de nuestro señor, don Alfonso VIII, que Dios guarde. Ahora, ante la amenaza musulmana, había concentrado allí a sus huestes a fin de protegerlo.

En cuanto a mí, el castillo no apareció ante mis ojos hasta que estuve encima de él. Después de tres penosas jornadas de marcha, sabía que debía encontrarme en sus proximidades, pero no lo descubría por parte alguna, y hasta temí haberme equivocado de camino. Pero, de improviso, al elevarse un poco el camino, surgió imponente frente a mí, a unas tres varas de distancia. Me quedé maravillado.

Sus torres y murallas de piedras grises se elevaban majestuosas hacia el cielo y a mí me pareció entonces gigantesco, acostumbrado como estaba a ver tan solo mi pobre casa de adobes. El castillo presidía un pequeño cerro alargado en medio de la llanura y, frente a él, se desplegaba el campamento cristiano, formado por miles de tiendas entre las que hormigueaban los soldados y las caballerías.

Aquella visión me pareció como un sueño.

Me escondí tras un terraplén y empecé a cavilar. El hambre me roía las tripas, pues, en tres días, sólo había comido un poco de gallina la noche en que nos visitó el maldito mensajero tuerto y algunas algarrobas por el camino. No sabía si acercarme o no al castillo para buscar a mi padre. Si llegaba a encontrarle, temía sus iras por haber abandonado nuestra casa y lo más seguro es que me mandase otra vez de regreso tras una buena reprimenda. Pero, por otro lado, era forzoso que me hiciese ver por la gente de la fortaleza si quería comer algo.

Estaba absorto en estos pensamientos cuando, de pronto, sentí cómo una mano se posaba sobre mi hombro. Casi di un bote del susto. Junto a mí estaba un chico de mi edad, moreno, con los pelos muy largos y unos vestidos tan viejos como los míos. Por sus trazas me pareció que era gitano.

–¿Quién eres tú? –me pregunto.

Le miré y contesté con otra pregunta:

–¿Y tú?

–Soy Curro...

–Yo soy Fernando. ¿Eres gitano?

–Sí.

–¿Tienes algo de comer?

Entonces, el chico echó a correr de pronto. Mientras se alejaba, me gritó:

–¡Vente conmigo!

Yo le seguí. Muy cerca de allí, y resguardado tras otro terraplén, me encontré ante un grupo de gitanos mayores. Había dos chicas y tres mozos; un hombre y una mujer de edad madura, así como una pareja de ancianos. Tenían un carro grande y dos burros que buscaban algo de comer con el hocico pegado a la tierra reseca. Las mujeres llevaban pañuelos a la cabeza, vistosos pendientes muy grandes y faldas de colores. La mujer madura estaba asando un trozo de carne sobre una pequeña hoguera. Curro se acercó a ella y le dijo:

–Éste tiene hambre...

Todos me miraron y la gitana que asaba la carne me preguntó lo mismo que el muchacho.

–¿Quién eres tú?

Yo, para enternecerles, mentí un poco.

–No tengo padre ni madre... Ando por los caminos pidiendo limosna y no he comido nada desde hace tres días...

Poco después me encontraba entre aquella familia gitana hartándome a dos carrillos. Eran saltimbanquis, bailarines y músicos, y habían llegado hasta allí siguiendo a los ejércitos venidos desde todas partes del reino. Por la noche, en el centro de los campamentos, y a la luz de una gran hoguera, cantaban y bailaban para distraer a los soldados. Luego, les daban comida y ropas en el castillo.

Estuve dos días con esta familia. Por la noche yo no subía con ellos hasta el campamento temiendo que me descubriera mi padre. Me quedaba con Curro y la mujer vieja, cuidando del carro y de los asnos. La tercera noche, lucía una hermosa luna blanca. Mientras oía las risas y las voces lejanas de los soldados celebrando la actuación de mis amigos, Curro me dijo:

—Yo no sé los años que tengo... Debo ser como tú... Pero ya conozco todas las tierras del mundo... Mis padres, mis hermanos, mis abuelos y yo vamos por los caminos, andando y andando, de ciudad en ciudad y de pueblo en pueblo... Pero la verdad es que me gustaría tener una casa como la tuya...

—Pues a mí me gustaría ir por los caminos lo mismo que tú...

Y en aquel momento, apenas había yo dicho estas palabras, oímos en el castillo unos inesperados toques de trompeta que nos estremecieron. Instantes después advertimos cómo cesaba la música de mis compañeros, los gitanos, y se alzaba en el campamento un gran griterío de soldados. Enseguida aparecieron junto a nosotros los familiares de Curro surgiendo de las sombras. Venían muy agitados.

—Ha llegado un espía... –dijo el padre–. Los ejércitos sarracenos ya están aquí y mañana o pasado se producirá el encuentro... ¡Vamos! ¡Todos a moverse! Nos marchamos...

Durante unas horas estuvieron recogiendo sus cosas y preparando el carro. Yo les ayudé en todo lo que pude. De madrugada se pusieron en marcha.

—Tú, ¿te vienes o te quedas? –me dijo la mujer mayor.

—Me quedo...

Curro permaneció un buen rato mirándome con sus profundos ojos negros, muy quieto, cuando ya se había puesto en marcha su familia.

—¡Curro! –le llamó alguien desde el carromato.

Él, de pronto, se sacó un puñado de bellotas de un bolsillo y me las puso en la mano. Luego, sin decir nada, se dio la vuelta y salió corriendo tras los suyos para perderse entre las sombras.

Yo, con el corazón dándome saltos dentro del pecho, me asomé entonces por encima del terraplén y miré hacia el castillo. El campamento era un frenesí de idas y venidas a la luz de hogueras y antorchas. Los soldados corrían de un lado para otro y se oían voces que daban órdenes, ruido de armas y relinchos de caballos. Se estaban preparando para la batalla. Rendido de tener la vista fija en aquel espectáculo, se me empezaron a cerrar los ojos. Me acurruqué en un hueco del terraplén y pronto estuve dormido.

3
La gran derrota

De pronto me desperté sobresaltado. Estaba amaneciendo. Algo extraño sucedía en el campo y en el aire. Y enseguida me di cuenta de lo que era. Entonces me dio miedo: había en toda la llanura un misterioso silencio, tan grande como la estepa. Escuché bien. Por la parte del castillo, después del fragor de la noche anterior, no se oía ni el vuelo de una mosca. Sólo en el cielo, los gorriones revoloteaban piando sin parar.

Me fui asomando poco a poco por encima del terraplén, temiendo que el castillo hubiese desaparecido. Cuando saqué la cabeza del todo y pude ver la fortaleza y la planicie, me quedé con los ojos tan abiertos como si estuviese contemplando una aparición.

A mi izquierda, bastante lejos, como a unas diez varas de distancia, maravillado, estaba viendo al ejército sarraceno. Formaba sobre la llanura en largas filas de caballeros y peones, unos tras otros, completamente inmóviles. El primer rayo de sol cruzó los campos e hizo brillar los cascos de los soldados. Las lanzas, las banderas, los estandartes y los gallardetes sobresalían por encima de sus cabezas.

Giré rápidamente la cabeza hacia la parte del castillo. Y allí, el espectáculo era igualmente asombroso. Los ejércitos de Su Majestad estaban formados al pie del cerro, también en hileras: caballeros con armaduras, caballos enlorigados, lanzas, espadas y grandes escudos. Sobre ellos, sobresalían igualmente estandartes y banderas de los más variados dibujos y colores. Permanecían tan quietos como los musulmanes.

Los dos ejércitos parecían mirarse fijamente el uno al otro, esperando que alguno atacase y, mientras tanto, nadie se movía. Cualquier ruido fortuito que se producía por el campo sonaba de una forma misteriosa en el silencio del páramo. El sol fue subiendo poco a poco y empezó a quemar con sus rayos la reseca planicie. Nadie hacía el menor movimiento. De vez en cuando se oía el relincho aislado de un caballo. Yo tenía los ojos irritados de tanto mirar, esperando la acometida de alguno de los dos ejércitos. A mediodía, el sol caía como fuego líquido. Los caballeros cristianos, metidos en sus armaduras de hierro, debían sentirse como dentro de un horno, mas ni uno solo abandonó su puesto.

Así pasó la tarde, el crepúsculo y el anochecer. Era el día 18 de julio. La noche refrescó el páramo y se oyó el rumor de los soldados deshaciendo sus formaciones de combate. No se encendieron apenas hogueras en el campamento. Se veían antorchas yendo y viniendo entre las tiendas y nadie alzaba la voz. Mi asombro era grande. Los dos ejércitos habían estado mirándose una jornada entera sin acometerse. ¿Qué pasaría al día siguiente? En el mismo hueco de la noche anterior, me quedé otra vez dormido, con el hambre royéndome las tripas de nuevo.

Me pareció que sólo había pasado un instante cuando me despertó el ruido de trompetas y tambores y un gran griterío. Amanecía. Me asomé como un rayo por encima del terraplén y me quedé paralizado.

En aquel mismo momento, el cuerpo central del ejército cristiano, con la caballería al frente, se lanzaba a la carga contra el centro de las tropas sarracenas. Los cascos de miles de caballos hacían temblar la tierra con un sordo rumor. Avanzaron por la llanura al galope y se perdieron de mi vista envueltos en nubes marrones de polvo. Entonces vi cómo del cuerpo central de los musulmanes salían miles de flechas lanzadas hacia el cielo. Las disparaban sin apuntar, pero eran tantas, que muchas de ellas herían a nuestros caballeros. El choque de las dos formaciones debió ser tremendo. Se oyeron gritos desesperados, juramentos, ayes, ruidos de hierros y relinchos de caballos.

Enardecido por la batalla, había ido saliendo poco a poco de mi escondite y me acercaba hacia ella. La primera acometida de los cristianos había roto el centro de las formaciones árabes, que retrocedieron. Una viva agitación recorría todo mi cuerpo. Pensaba en mi padre continuamente y trataba de descubrirle entre los peones que corrían por el campo. Pero todo ocurría demasiado lejos para distinguirle.

Hacia el mediodía hubo una nueva carga de los ejércitos

cristianos, también sobre el centro de las huestes africanas. El campo se llenó otra vez de nubes de polvo y de griterío lejano de miles de gargantas vociferantes. Yo seguía avanzando absorto, aproximándome a la contienda con ojos abiertos como platos. En la segunda carga, nuestros ejércitos habían penetrado aún más por el centro del frente musulmán. Pensé que la victoria caía de nuestro lado.

Pero, de pronto, empecé a notar algo que me hizo sentir mucho miedo. Por los costados del ejército central cristiano empezaron a surgir árabes y más árabes. Envolvían poco a poco a los nuestros en medio de un gran arco y allí los acribillaban con sus azagayas y sus saetas. Era la hora de la siesta y, al avanzar los árabes por los lados, el campo de batalla se ensanchó. De modo que los combatientes se me fueron acercando cada vez más. Pude ver muy cerca sus caras; en ellas se reflejaban la ferocidad y el miedo. Muchos peones cristianos corrían hacia donde yo estaba y eran perseguidos a caballo por árabes oscuros, de extraños vestidos y espadas curvas. De pronto, mi mente infantil se dio cuenta de lo que pasaba. Todos aquellos peones trataban de escapar del cerco donde habían quedado atrapados. Oí gritos angustiosos que decían:

–¡Retirada! ¡Retirada!

Entonces me sentí desfallecer porque comprendí que estábamos perdiendo la batalla. Fue en ese mismo momento cuando le vi. Noté que me subía a la cabeza una bocanada de fuego. ¡Era mi padre! Con su espada en la mano, retrocedía hacia el castillo vigilando sin cesar a su alrededor por si tenía cerca algún enemigo.

–¡Padre! –grité yo al verle, sin poderme contener, y corrí hacia él.

Me miró con ojos asombrados y, sin dejar de vigilar hacia todas partes, me gritó:

–¡Vete! ¡Vete! ¡Corre! ¡Insensato! ¿Qué haces aquí? ¡Todo está perdido!

Entonces me volví y empecé a correr como me ordenaba. Pero me detuve en seco. Delante de mí se elevaba una sombra a contraluz: la silueta de un guerrero árabe montado sobre un caballo pequeño y fogoso. El sarraceno blandía en su mano una azagaya y la elevó en el aire para lanzármela. Me vi muerto. En aquel momento, cuando la lanza silbaba en el aire cortando las nubes de polvo, un cuerpo se interpuso entre ella y yo.

Mi padre cayó a mi lado herido de muerte. Me quedé atónito durante unos segundos. Luego me abalancé sobre su cuerpo inmóvil y me abracé a su pecho.

–¡Padre, padre! ¡No os muráis ahora!

Él me pasó la mano por el pelo y me retuvo junto a sí. Oí sus palabras.

–Aléjate... Aléjate de aquí... ¿Por qué has venido? Busca a tus tías... Sé..., sé bueno y valeroso... Confío en ti.

Luego se calló. Estuve mucho tiempo quieto, sin atreverme a mover un solo músculo, no queriendo comprobar lo que temía... Cuando separé la cabeza, sus ojos miraban fijamente al inmenso cielo de Castilla, inmóviles, quietos, con una quietud como no la tienen ningunos ojos vivos. Estaba atardeciendo.

Me subió por el pecho un escozor que quemaba, se me nubló la vista y no supe lo que hacía. Lo cierto es que, de pronto, me vi en pie, lleno de rabia, con la pesada espada de mi padre en las manos, en medio del polvo y los gritos de la batalla, corriendo entre las cabalgaduras árabes.

–¡Venid aquí, malditos infieles! ¡Habéis matado a mi padre y yo os mataré a todos! ¡Venid, venid aquí!

Los caballos pasaban a mi lado dando bufidos y las caras de los soldados se veían llenas de sangre y de tierra mezcladas con el sudor.

–¡Venid aquí! –seguía yo gritando.

De pronto, algo enorme se precipitó sobre mí, un caballero cristiano, pelirrojo, en cuyo rostro sucio se reflejaba la indignación. Su caballo se me echó encima, y el jinete me propinó tan fuerte golpe con el mango de su lanza, que me envió rodando a varios pies de allí. Le oí gritar:

–¡Largo de aquí, rapaz! ¿Quieres que te maten?

El golpe me hizo rodar por una pendiente, y caí y caí hasta quedar detenido por un matorral, apartado de la batalla. Allí me quedé tumbado, mirando al cielo y con la cabeza vacía.

Cuando me repuse del golpe, me di cuenta de que tenía la espada de mi padre entre las manos. La apreté contra mi pecho y me puse en pie. Ahora sentía que las piernas me temblaban y estaba muy débil. Empecé a caminar sin saber hacia dónde, alejándome de la batalla, mientras anochecía y seguía oyendo los gritos de retirada lanzados por los cristianos. Eran voces desesperadas y llenas de rabia. Se sabía por ellas que habíamos sufrido una gran derrota.

Cuando me di cuenta, me encontré sentado en el suelo, con la espada apoyada en una gran piedra. Estaba en la parte trasera del castillo, donde la tranquilidad era completa. Lloraba amargamente y no podía pensar en nada. Recordé que tendría que ir a Miguelturra en busca de mis tías... ¿O volvería a mi casa? ¿Se habría ido la cabra? La gallina seguro que regresaría... Escuchaba el ruido cercano de las aguas del Guadiana, y las ranas, que habían comenzado su concierto nocturno. También habían empezado a cantar los grillos. De vez en cuando, pasaban corriendo hombres del ejército cristiano que huían de la batalla para perderse en los campos, aterrorizados.

Y, de súbito, me puse en pie alarmado.

Oí a mis espaldas cascos de caballos, ruidos de armas y voces. Me escondí tras la piedra y miré. Hasta diez caballeros habían salido por una poterna trasera del castillo. Hablaban entre sí, mientras sus caballos caracoleaban, como si los jinetes no supieran hacia dónde dirigirlos. Escuché para oír lo que decían.

–¡Hay que atravesar el puente y tomar el camino de Toledo! –dijo uno de los caballeros.

–Pero eso tal vez sea peligroso... Los árabes podrían perseguirnos y correríais un gran riesgo, Majestad...

Al oír aquella palabra, «Majestad», sin saber por qué y como movido por un resorte, me puse en pie de un salto y abandoné mi escondite. ¡Era el rey! ¡Nuestro señor Alfonso VIII! Después, sin saber tampoco cómo, corrí hacia el grupo de caballeros. Todos se asombraron al ver salir a un chico de detrás de una piedra.

–¿Quién es? –preguntó uno de ellos.

–Majestad, a este chico le he visto en la batalla –respondió un caballero pelirrojo, el mismo que me había golpeado con la lanza para apartarme del peligro.

Ya conocía quién era el rey. No sabía cómo comportarme delante de él y me puse de rodillas.

–¡Señor! Yo soy de esta región... Conozco una cañada abandonada, cubierta por el follaje, por donde podréis cabalgar durante cinco leguas oculto a la vista de cualquier perseguidor...

El rey me miró fijamente. Era un hombre, entonces, de unos cuarenta años, con la barba recia y los ojos muy cansados. Llevaba el rostro sucio de sudor y de polvo.

–¿Quién eres tú?

–Soy el hijo de Mingo Fadrique... Ha muerto en la batalla luchando por vos... Estoy solo en el mundo... No tengo madre, ni hermanos...

–Además es un valiente, Majestad. Le vi intentando hacer frente a los sarracenos con esa espada... –dijo el caballero pelirrojo.

El rey me observó callado durante unos instantes.

–¿Estás seguro de lo que dices sobre ese camino?

–Completamente, señor.

–Subidlo a vuestro caballo, don Rodrigo, y que nos conduzca a esa cañada –dijo el rey–. Le llevaremos a Toledo con nosotros. Algún empleo le encontraréis en el alcázar...

Don Rodrigo era el caballero pelirrojo. Su poderoso brazo me agarró por la cintura para izarme sobre el caballo. Me colocó delante de él. Tuve la sensación de ser un titán, allí subido en un magnífico alazán y tocando con mi espalda la armadura de un guerrero del rey.

–Es por ahí, a la derecha... –indiqué yo.

–¡Adelante! –ordenó Su Majestad.

4
En el alcázar

Llegamos a Toledo cuando la noche ya había cerrado después de un día y otra noche de camino casi sin descansar. Durante todo el tiempo, Su Majestad apenas habló. Mantuvo el ceño fruncido y una expresión de hondo pesar a causa de la derrota.

Antes de llegar a Toledo, ya sabían que veníamos y algunos caballeros y servidores salieron a recibirnos a las afueras de la ciudad. La residencia del rey era el alcázar.

Entramos en un patio grande, enlosado, que estaba iluminado con antorchas. Los cascos de los caballos resonaron en las losas. En la parte de arriba había un mirador donde vi asomadas a varias damas que parecían muy compungidas, todas con sus pañuelos en la mano. Muchos palaciegos, soldados y servidores vinieron para ayudar a los caballeros y al rey. Todo eran caras largas debido al desastre militar. Su Majestad saludó con un triste gesto a una de las damas del mirador. Supe después que se trataba de la reina, la inglesa doña Leonor de Plantagenet.

Yo estaba deslumbrado. El edificio era inmenso, de grandes sillares grises y arcos redondos. Con la llegada del rey y sus acompañantes se formó tanto lío en el patio, hubo tantos saludos e idas y venidas de gente con antorchas que, de pronto, yo me encontré en el suelo solo, perdido y sin saber a dónde ir. Don Rodrigo, el rey y los otros caballeros habían desaparecido.

Un soldado con cara de pocos amigos me apuntó con un dedo amenazador.

–¡Eh! ¡Tú! ¿Cómo te has colado hasta aquí? ¡Fuera o te acordarás de mí! La sopa para los mendigos la damos los jueves...

–¡Yo no soy un mendigo! –protesté con orgullo.

–De modo que no eres un mendigo, ¿eh, pajarito? –dijo el otro, acercándose a mí con las peores intenciones.

–No, señor. Me ha traído don Rodrigo de Coca para que esté a su servicio. Podéis preguntarle a él...

El soldado detuvo su avance. Se quedó con la mano sujetándose el mentón, mirándome de arriba abajo y sin creerme del todo.

–Id a preguntarle a don Rodrigo –insistí yo.

–¡Yo sé lo que tengo que hacer! Está bien, mañana averiguaré si mientes o no, renacuajo... De momento, esta noche dormirás con los mozos de las caballerizas... ¡Y encomiéndate a Dios si no me has dicho la verdad!

Y, cogiéndome de una oreja, me llevó por patios llenos de toneles, rollos de cuerdas, grandes cofres cuadrados y toda clase de trastos. Llegamos ante una especie de cobertizo en cuyo interior sólo se veía oscuridad. Dentro se oían respiraciones pesadas y algún ronquido que otro. Olía mucho a sudor.

–¡Busca algún rincón por ahí y mañana ajustaremos cuentas! –me dijo el soldado dándome un empujón.

Todo estaba oscuro y caí sobre el cuerpo de alguien, que lanzó un gruñido y, de un manotazo, me apartó de su lado. Fui a parar sobre otro cuerpo, que dio otro gruñido y, de una patada, me envió encima de un nuevo bulto humano. Así estuve un buen rato, de aquí para allá en la oscuridad, recibiendo mamporros y patadas, hasta que fui a dar en un lugar donde no había nadie. Permanecí inmóvil. Poco a poco, a la luz de una antorcha que lucía fuera, empecé a distinguir dónde estaba. Era una cámara grande, donde dormían en el suelo quince o veinte hombres a medio vestir sobre un lecho de paja. Por las paredes había colgadas prendas de vestir y arreos de caballerías.

Me quedé quieto, abrazado a la espada de mi padre, que no había soltado en ningún momento. Por mi cabeza pasaron, como en un torbellino, cientos de imágenes: la batalla, mis amigos los gitanos, las últimas palabras de mi padre, mi casa, el viaje con el rey... Me angustiaba no saber dónde estaba en aquel momento mi protector, don Rodrigo, ni si se habría olvidado de mí para siempre. Me sentí como en un mundo demasiado grande para un chico de mi edad. Entonces me puse a llorar sin hacer ruido y, poco a poco, rendido por el agotamiento, me quedé dormido.

Abrí los ojos de pronto, impresionado por algo frío que se precipitaba sobre mí desde el cielo. Entre sueños pensé que era una gotera que me caía en la cara, allá en mi casa. No era eso. Un jovenzuelo con dientes de conejo me estaba echando sobre el rostro un cuenco de agua helada y, a mi alrededor, había seis o siete mozos con aspecto de brutos, que se reían a carcajadas.

–¡Ja, ja, ja! ¡Ya se despierta el lirón!

–¡Aquí se levanta uno con las gallinas, «señor conde»!

–¿De dónde has salido, cara de bellota?

Me puse en pie de un salto y alguien me dio una patada en el trasero. Me volví y todos cuantos estaban a mi espalda empezaron a hacerme muecas de burla.

–¿Quién te dio lirón?

–Si lo adivinas, no te haremos los masculillos...

Entonces me puse rojo de rabia y grité:

–¡Estoy al servicio de don Rodrigo de Coca!

El corro soltó una carcajada general.

–¡Ja, ja, ja! ¡El lirón está soñando!

–¡Con esa pinta sólo puedes ser un mono del bufón!

Pero, de pronto, dejé de oír lo que decían aquellos desalmados. Comencé a mirar al suelo por todas partes, me arrojé sobre el lecho de paja y empecé a removerla con frenesí. ¡Mi espada! No estaba. Fijé la mirada en los truhanes y les grité:

–¡Dadme mi espada! ¡Me la habéis robado!

Desde detrás del grupo que me rodeaba, apareció un bergante con el pelo de color zanahoria que escondía algo detrás de su espalda. Luego mostró poco a poco lo que ocultaba. Era mi espada.

–Mírala... La verás, pero no la catarás... –me dijo en tono de chanza.

Me lancé contra él como un torillo y me recibió con un espadazo propinado con la parte plana del acero. Caí de espaldas. Mas mi ofuscación era tal, que me levanté como un rayo para lanzarme por los aires hasta ir a dar con mi cabeza en su tripa.

–¡Ugh! –gritó.

Le había hecho daño, así que su expresión de burla se transformó en otra mucho peor. Se vino hacia mí, me cogió por la chambrilla y empezó a darme mamporros como un bestia mientras los demás se reían y le animaban. Creí que había llegado el fin de mis días, cuando se oyó en la puerta una voz autoritaria.

–¡Eh! ¡Dejad a ese chico!

Todos se quedaron en silencio. Era un soldado y se dirigió a mí.

–¡Tú! Ven conmigo.

–¡Que me dé mi espada! –respondí yo.

–¿Qué espada? –replicó el soldado–. ¡Vamos, no tengo ganas de monsergas!

–¡Pero yo no puedo irme sin mi espada!

Entonces, el soldado se acercó a mí, me agarró del pelo y así me sacó de allí mientras yo luchaba desesperadamente por desasirme.

Aquel bruto me condujo por pasillos, corredores y pasadizos; subimos empinadas y angostas escaleras, atravesamos salas enormes y, al fin, nos detuvimos frente a una recia puerta con casetones. Allí estaba otro soldado haciendo guardia. El que me llevaba agarrado por los pelos llamó a la puerta.

–Pasad –se oyó una voz dentro.

Entré en una habitación grande y con muy buenos muebles. Había una cama deshecha, con dosel y ropas tiradas por el suelo. En la cama estaba sentado don Rodrigo. Me entró una alegría incontenible al verle. A sus pies descansaba un soberbio mastín y, junto al caballero, permanecía en pie un monje de hábito blanco.

–¡Señor! –exclamé al verle.

–Buenos días, Fernando... Pero, ¿qué te pasa? Traes el aspecto de haberte batido con el propio diablo...

Intervino el soldado:

–Cuando llegué en su busca se estaba peleando con un mozo de las caballerizas.

–¡Ja, ja! –rió don Rodrigo–. Decididamente, eres bravo y eso me gusta... ¿Por qué peleabas?

–Señor, ese barbián me robó mi espada... ¡Quiero volver allí para que me la devuelva! ¡Era de mi padre y no puedo perderla!

–Está bien, está bien... Id por ella –le indicó don Rodrigo al soldado, que salió de la habitación.

Luego se dirigió al monje.

–Éste es el chico de quien os he hablado, fray Mateo...

El religioso, que era gordito y de color sonrosado, me miró de arriba abajo con unos ojillos muy vivaces.

–Parece listo y, por lo que veo, es valiente...

–¡Muy valiente!

–Son las dos mejores virtudes que puede atesorar un joven si, además, es bueno y honrado –siguió el fraile–. Pero todo eso estaría mucho mejor aún si el muchacho tomase un baño y se pusiese ropas limpias...

–Enseguida arreglaremos esa cuestión –dijo don Rodrigo–. Pero, primero, Fernando, te tengo que dar algunas instrucciones... Vas a ser mi paje y eso requiere ciertas obligaciones. ¿Atento?

–Atento, señor.

–En verano, me despertarás a las ocho de la mañana en punto y en invierno, a las nueve. Me traerás el desayuno a esta habitación: vino con agua, un huevo hervido, pasas y pan. A las once, en invierno, me darás, esté donde esté, un vaso de limón con hielo. Lo mismo por la tarde. En invierno, vino caliente con un rosquillo... Cuando no las use, limpiarás concienzudamente mis armas, poco a poco... Siempre deben estar relucientes como una patena... Y, durante las comidas, permanecerás a mi izquierda continuamente, a fin de llenarme la copa, traerme el aguamanil y paños limpios... Le darás paseos a mi perro cuando yo no pueda hacerlo... Seguro que ya no te acuerdas de nada...

–Me acuerdo de todo perfectamente, señor. Os despertaré a las ocho en verano y a las nueve en invierno. Os traeré aquí el desayuno: vino con agua, un huevo hervido, pasas y pan. A las once, en invierno, os ofreceré, estéis donde estéis, un vaso de limón con hielo. Lo mismo por la tarde. En invierno, vino caliente con un rosquillo. Limpiaré vuestras armas concienzudamente y poco a poco cuando no las uséis, ya que deben estar siempre relucientes como una patena...

Durante las comidas estaré en todo momento junto a vos, a la siniestra mano, a fin de llenaros la copa, traeros el aguamenil...

–Aguamanil...

–Eso, el aguamanil –que no sé lo que es– y paños limpios... Le daré paseos a vuestro perro cuando vos no podáis hacerlo...

–¡Extraordinario! –exclamó fray Mateo–. La memoria que Nuestro Señor le ha dado a este rapaz es prodigiosa. Ha repetido exactamente lo que le habéis dicho habiéndolo oído una sola vez... Servirá para los estudios si no le gustan las armas...

–Bien, luego seguiremos con tus obligaciones... –dijo don Rodrigo–. Ahora tienes que darte un buen baño, cortarte el pelo y vestirte con ropas nuevas... Fray Mateo, llevadle, si os place, a las criadas de doña Blanca para que le arreglen... Luego me lo devolvéis. ¡Ah! Y que primero le proporcionen un buen desayuno.

En aquel momento, apareció el soldado que había ido a buscar mi espada. La traía. Se la arrebaté de las manos y la apreté contra mi pecho.

–¿Vamos? –me dijo fray Mateo.

Yo le seguí.

–¿Es que te llevas la espada para bañarte? –preguntó mi amo con gesto burlón.

–Señor, no puedo separarme de ella... Temo que se me pierda o me la roben.

–Descuida. Mira...

Don Rodrigo había levantado la tapa de un arcón situado a los pies de su cama.

–Aquí estará a buen recaudo. Te juro que nadie la tocará, excepto tú.

La deposité en el arcón sin tenerlas todas conmigo. Cuando iba a salir, me volví hacia mi amo.

–Señor, ¿tendré que dormir siempre con esos brutos, donde lo hice anoche?

–No, no... Dormirás aquí, al lado de mi cámara, en un cuartito dispuesto para mis pajes... Te lo mostraré cuando regreses.

Seguí a fray Mateo por pasillos y corredores. Cuando salimos a uno larguísimo, que tenía pintada a lo largo de la pared una batalla con miles de guerreros cristianos y moros, me dijo de pronto:

–A dinero y medio la sardina y media, ¿cuánto valdrán siete sardinas y media?

–Siete dineros y medio –contesté yo tras pensarlo unos breves instantes.

–¡Magnífico! Lo has dicho bastante más deprisa que muchos hombres letrados. Ahora, oye: «Si el enamorado fuera entendido, ya sabría el nombre de la dama y el color de su vestido».

–La dama se llama Elena y morado es el color del vestido. Habéis dicho «elena–morado».

–¡*Laus Deo*! ¿Qué edad tienes?

–Voy a cumplir nueve.

–¿Sabes algunas letras?

–Ninguna, señor.

–Te enseñaré a leer, amiguito... Y a escribir. Primero en romance... Más adelante, en latín. Y, cuando tu amo esté guerreando por esos mundos de Dios, te llevaré a que conozcas nuestra abadía.

–¿Qué clase de monje sois vos? –le pregunté, pues había oído decir a mi padre que no todos los frailes eran de la misma familia.

–Soy cisterciense.

Bueno, me dio lo mismo que si me hubiese dicho otra cosa cualquiera, pues aquella palabra era completamente desconocida para mí.

Tras un copioso desayuno con huevos, pan y caldo de gallina, me bañaron unas mujeres viejas con unos gorros muy raros, que se estuvieron burlando de mí todo el tiempo. Lo mismo hizo el barbero sin dientes que me peló primero. Después, las mismas mujeres viejas me dieron unas ropas limpias que me estaban un poco grandes, pues habían pertenecido ya a otro paje.

Cuando me presenté de nuevo ante don Rodrigo, éste, tras elogiar mi aspecto, me dijo:

–Dentro de tres o cuatro días comenzaré de nuevo mis ejercicios de armas con otros caballeros. Tenemos que adiestrarnos a fin de estar continuamente preparados para nuestro oficio, que es la guerra... ¿Te gustará venir a vernos?

–Sin duda, señor.

5
Una nueva amistad

—¡**D**etened ese golpe!

–¡Por Dios que lo conseguí!

–¿Pararéis también éste?

–¡También!

Mi señor don Rodrigo y su contrincante, otro caballero muy robusto y de aspecto feroz, no dejaban de decirse cosas mientras se acometían con sus espadas y se defendían con sus escudos. El sol caía de plano sobre el patio de armas y hasta diez parejas de caballeros peleaban entre sí con tanto ardor como si fuese de verdad. Yo creo que mi amo era el mejor. Se batía como un león furioso y arremetía contra su adversario sin darle tregua.

El sonido que formaban a la vez todas las armas era ensordecedor. Yo, a un lado del patio, estaba sentado a la sombra de las arcadas, con mi copa de limón en la mano y un tonelito lleno de trozos de hielo, que los criados traían todos los días desde los pozos de nieve, situados en las afueras. No le quitaba el ojo al reloj de sol que había en uno de los muros del patio, pues a las once debía acercarle a mi amo su bebida refrescante.

Con un golpe demoledor sobre el escudo, don Rodrigo derribó a su contrincante y a continuación le puso la espada en el pecho.

–¡Estáis perdido, don Álvaro! ¡Ja, ja, ja! –rió mi amo, pues todo era mentira.

Yo eché entonces unos trozos de hielo en el limón y corrí hacia el vencedor. También le llevaba un paño.

–El limón, señor.

Don Rodrigo cogió primero el paño y se limpió el sudor que corría por su rostro. Luego tomó la copa y bebió el limón con avidez. Mientras bebía, me miró y casi se atraganta al prorrumpir en una carcajada.

–¡Ja, ja, ja! Pero, ¿qué has hecho?

–¿A qué se refiere mi señor?

–¡Te has traído tu espada!

–En efecto, señor.

–¿Es que quieres hacernos una demostración?

–Si pudiera...

–Tiempo habrá... Ahora, prepárame otro limón para dentro de un rato...

Esto lo dijo sin mirarme, pues había clavado su vista en una esquina del patio. Yo también miré hacia allí. Se aproximaba a nosotros un caballero que no había visto nunca. Era alto y delgado, pálido, con el cabello y la barba negros muy bien arreglados. Iba vestido de morado oscuro y no llevaba cota de malla. Traía un arco y un carcaj con flechas.

–Dios os guarde, don Rodrigo –dijo pronunciando muy bien las palabras.

–Y a vos, don Nuño. ¿Qué traéis ahí? ¿Un arco árabe?

Fijé mis ojos en el arco. Sí, era como los que llevaban los sarracenos en la batalla de Alarcos. Yo los había visto. Don Nuño siguió hablando.

–Reconoceréis que en la victoria de los musulmanes tuvo mucho que ver el uso de estos arcos.

–Sí, en efecto...

–Y que nuestras huestes deberían adoptarlos...

–Lo sé –respondió mi amo–. Yo ya me he adiestrado con ellos... Pero sería preciso adiestrar a miles de hombres y encontrar buenos artesanos árabes que los construyesen...

–¿De veras que os habéis adiestrado en su manejo? –dijo el otro con tono irónico.

–Así es...

–¿Seríais capaz de apostar algo conmigo en un duelo?

–¿Qué queréis apostar?

–Vuestro caballo blanco, el de las crines rizadas...

–De acuerdo. ¿Cuál será la diana?

Don Nuño miró en derredor suyo. Había un poste de madera a unos ochenta pies de allí, utilizado para otros ejercicios a caballo.

–El poste. Os cedo el primer tiro.

Mi amo cogió el arco y la flecha. Tensó la cuerda y permaneció así durante unos instantes, apuntando. Luego, la flecha cortó el aire de la mañana calurosa y se ensartó en la madera con un golpe seco.

Se oyó rumor de voces femeninas por las balconadas que daban al patio, en el piso alto, y miré hacia allí. ¡Diablos! Habían aparecido varias damas, con sus gorros de pico, que estaban asomadas mirando a los caballeros. Vi que mi amo también dirigía la vista hacia arriba y sonreía a alguien. Volví la cabeza como un relámpago hacia el balcón, justo a tiempo de ver cómo una dama joven y bellísima, de pelo castaño, le devolvía la sonrisa a él. Pero también descubrí otra cosa. Al lado de esta dama se encontraba una chiquilla de mi edad, muy bien vestida. Era rubia, con el cabello largo y los ojos azules, tan hermosa como los ángeles de algunas pinturas que yo había contemplado en el alcázar. Me puse rojo, porque parecía que la niña me miraba a mí. Volví la cabeza.

Don Nuño estaba tensando su arco. Lo hizo con mucha parsimonia y parecía que dominaba aquella arma con más seguridad que mi amo. Su flecha se clavó en el poste, al lado mismo de la otra. También se oyó un rumor admirativo en la balconada de las damas.

–Este tiro no decide nada. ¿Estáis de acuerdo, don Nuño?

–En efecto. Tomemos un blanco más dificultoso.

Ahora colocaron un casco de cuero sobre un pilón situado junto al muro más alto del patio. El tiro de mi amo lo atravesó por el centro. Pero la flecha del caballero don Nuño se clavó pegada a la primera. El violento roce hizo que ambas se incendiaran.

–Pongamos algo aún más menudo –propuso don Nuño.

–Sí, ¿pero qué?

Yo salté de pronto:

–Señor, ¿podría servir un limón?

–Muy bien, Fernando. ¿Estáis de acuerdo, don Nuño?

El rival de mi amo asintió y yo corrí en busca de un limón de los que tenía preparados para hacer los zumos. Lo llevé hasta los contendientes.

–Pero ahora os propongo un ejercicio diferente... –empezó don Nuño.

–Decid...

–Vuesto paje tirará el limón a lo alto y nosotros dispararemos nuestras flechas a la vez, intentando atravesarlo en el aire... ¿Qué os parece?

–Adelante... Fernando, cuando tengamos tensados los arcos, cuenta hasta tres en voz alta y luego lanza el limón al aire... Hacia arriba y todo lo lejos que puedas... ¿Preparado?

–Preparado, señor.

Yo estaba orgullosísimo de mi tarea, sirviendo en tan magnífico duelo a dos caballeros del rey y con la vista de todos los demás clavada en mí. Cuando empecé a contar, mi voz sonó mucho en el patio, pues reinaba en él un extraño silencio expectante.

–Uno... Dos... ¡Tres!

Lancé el limón al aire muy alto y lejos, pues yo estaba adiestrado a tirar piedras a mucha distancia en el campo. Las dos flechas saltaron al aire. La de don Rodrigo marchaba delante y directa al blanco. Pero, justo cuando iba a atravesarlo, el dardo de don Nuño, más veloz, alcanzó al de mi amo, desviándolo de su trayectoria. La saeta de don Nuño atravesó el limón. Miré con asombro a aquel caballero, que empezaba a caerme bastante antipático.

–El caballo es vuestro –dijo sin más mi amo.

–A pesar de haberos vencido, reconozco que sois un buen arquero... –replicó don Nuño con una sonrisa en sus finos labios, mientras empezaba a caminar hacia la salida del patio.

–Espero que algún día me concederéis la revancha... –dijo mi amo.

–Cuando queráis –respondió el otro volviéndose.

Después se alejó con paso tranquilo, lo mismo que había venido. Don Rodrigo rompió el silencio que nos aplastaba dando fuertes voces, con aire vigoroso, como si nada hubiese ocurrido.

–¡Vamos, caballeros! ¡Sigamos! ¡Que traigan los caballos! Nos ejercitaremos ahora con las lanzas.

Yo regresé a la sombra de las arcadas para prepararle el segundo limón a mi amo. Y estaba en ello, cuando mi vista se quedo fija en el lado que daba a las caballerizas. Por allí habían comenzado a salir los mozos de cuadra, llevando cada uno a dos caballos sujetos por las bridas. Lo que miraban mis ojos no era otra cosa que una llamativa cabellera revuelta del color de las zanahorias. Pertenecía a uno de los mozos que traían las cabalgaduras. ¡Justamente el bergante que me había aporreado la noche en que llegué al alcázar!

No sé lo que me pasó, pero sentí como si algo que quemaba me subiese desde los pies hasta la cabeza. Salté del poyete y, sin pensarlo dos veces, me fui como un jabato hacia el caballerizo. Nada más llegar a su lado, le propiné un puntapié en el trasero con todas mis fuerzas.

–¡Toma, desgraciado! ¡Esto por el primer mamporro que me diste!

Antes de que reaccionara, le di otro.

–¡Y esto por el segundo!

–¡Voto a tal! –exclamó el mozo, mientras yo le añadía la tercera caricia.

–¡Te mataré! –gritó entonces.

Y empezó a perseguirme por todo el patio, rojo de ira. Yo, que había cogido mi espada, corrí con todas las fuerzas para que no me alcanzase. El mozo iba tan enfurecido, que si caía en sus manos ya podía encomendarme al Señor. Zigzagueé como una liebre, hice eses y regates por los postes y las vallas, pero, al fin, oí sus pasos a menos de un palmo. Estaba perdido. Los caballeros se habían puesto a ver la persecución y me animaban. Entonces se me iluminaron las mientes. Cuando estaba a punto de cazarme, me agaché parándome en seco. El otro, lanzado por su ciego impulso, chocó contra mí, voló por encima de mi espalda y fue a caer panza arriba sobre el polvo. Rápido como una flecha, me fui sobre él y le puse la punta de mi espada en el pecho.

–¡Jura por Dios que eres un bruto y que nunca volverás a pegarle a un chico más pequeño que tú o te atravieso de parte a parte!

Lo dije para asustarle, pues no tenía la menor intención de herirle. Pero el mozo se puso blanco como la cera y me miró con ojos suplicantes.

–No... No me hieras... Lo juro...

–¡Dilo más fuerte! ¡Que te oigan todos!

–¡Lo juro!

Entonces, en el silencio que se había hecho sobre el patio, sonaron unos solitarios aplausos que provenían del balcón de las señoras. Miré hacia allí y vi a la niña rubia aplaudiendo entusiasmada. También vi cómo la dama que sonrió a mi amo le daba un cachete y luego la reprendía por mostrar con tanto escándalo su admiración. Lo del cachete no me gustó nada, pero el fervor de la chiquilla me halagó muchísimo. Mientras me ponía rojo, incluidas las orejas, mi amo llegó hasta mí corriendo y, de un empellón, me apartó del asustado caballerizo.

—¿Estás loco? —me riñó—. ¡Quita esa espada de ahí!

Lo hice, y el de los pelos color zanahoria salió corriendo hacia las cuadras.

—Señor, no pensaba hacerle nada... Pero ha demostrado ser un gallina.

—Y tú un valiente —añadió en voz baja, pues quería demostrar a los demás que estaba enojado conmigo.

Los caballeros siguieron haciendo ejercicios durante toda la mañana, a caballo, con lanzas, hachas o mazas. Y yo aún le preparé a mi amo otros cuatro limones con hielo. Cuando nos retirábamos sudorosos a mediodía, don Rodrigo y las señoras de la balconada se encontraron en un corredor de arriba, o se hicieron los encontradizos. Mi amo se dirigió muy ceremonioso a la hermosa dama de los cabellos castaños, que le miró con ojos de lo más dulces.

—Disculpad mi aspecto, doña Blanca... —empezó mi amo, que iba sudando y lleno de polvo.

—No hay que disculparse cuando se vuelve de combatir como vos lo habéis hecho... —respondió ella.

Pero yo no seguí escuchándoles. Miraba a la niña rubia que iba detrás de la dama, la que me había aplaudido ganándose un cachete por ello. Sujetaba la cola del vestido de su señora para que no arrastrase por el suelo del corredor, que estaba bastante sucio. Nos estuvimos mirando callados un buen rato. Yo quería decir algo, pero no sabía qué. Hasta que fue ella la que habló.

–Tú, ¿de dónde has salido? No te había visto nunca.

–De tierras lejanas –le dije yo para darme importancia.

–¿Y cómo te llamas?

–Fernando... Soy paje de don Rodrigo de Coca –le contesté, también para darme importancia.

–Yo me llamo Inés y sirvo a doña Blanca.

–Bueno... –respondí yo sin saber cómo seguir.

–Ya nos veremos otras veces...

–¿Por qué?

–No sé... Como tu amo y mi dama siempre tratan de encontrarse... Cuando no tengamos nada que hacer, te puedo mostrar el alcázar... Es muy grande y tiene muchos lugares misteriosos...

En aquel momento nuestros amos se separaron y tuvimos que irnos cada uno con el suyo. Pero aquello de hacer correrías por el castillo me había gustado y estuve cavilando todo el día en cómo ver otra vez a Inés.

6
Alarma

Con unas cosas y con otras, llegó el otoño y luego el invierno. En el alcázar hacía muchísimo frío, aun en los aposentos donde se encendía la chimenea, pues las salas eran tan grandes que sólo estando cerca del fuego no te quedabas helado. El mes de noviembre fue muy aburrido, ya que mi amo se había ido con una embajada ante el rey de León, don Alfonso IX, mandado por Su Majestad. No me llevó con él y los días se me hacían larguísimos.

Me levantaba, arreglaba mi cama –que consistía en un buen colchón de lana colocado en el suelo–, barría mi cuartito y me lavaba un poco en la jofaina que tenía allí. Luego iba a las cocinas para que me dieran algo de desayuno y después sacaba a Lucero, el magnífico mastín de mi amo. Le llevaba por el patio y los alrededores del alcázar. Era un perro estupendo, que ya se había hecho amigo mío y me seguía a todas partes.

A mediodía, dirigía mis pasos a la salita que fray Mateo tenía reservada en el alcázar, para que me diese la lección de lectura y escritura. Esto ocurría un día sí y tres no, pues el fraile parecía siempre muy ocupado. Como no estaba mi amo, ahora era un poco el paje de fray Mateo y le hacía muchos recados. Bueno, la verdad es que me mandaba a recados todo el mundo: algunas damas, los soldados, las criadas...

Aquella mañana, cuando llegué a la salita de fray Mateo, estaba enfrascado mirando un libro precioso, muy grande y con estampas de brillantes colores.

–Se lo he traído a la reina... –me dijo.

–¿De dónde? ¿De vuestra abadía?

–No. Es de la Escuela de Traductores...

Le miré sin comprenderle.

–Aquí, en Toledo –siguió él–, tenemos el mejor centro de traductores que hay en todos los reinos cristianos. En él trabajan maestros musulmanes, hebreos y castellanos traduciendo obras de sabios antiguos. Las trasladan del árabe al latín...

–¿Y vos trabajáis en esa escuela?

–Pues sí... Dirijo a un grupo de traductores; por eso me encuentro casi siempre en Toledo en lugar de estar en mi abadía.

–¿Puedo haceros una pregunta?

–A ver...

–¿Y por qué venís tanto al alcázar?

–Mira, tengo la misión de proporcionarle buenos libros a doña Leonor, nuestra reina. Encargo a los más expertos escribanos y miniaturistas que hagan copias de las mejores obras... Como ésta... –señaló el volumen que estaba examinando–. Hoy se la tengo que entregar.

–¿De qué se trata?

–Es un libro religioso sobre el *Apocalipsis* de San Juan.

Como no sabía lo que quería decir la palabra *apocalipsis*, ni me interesaba mucho, le pregunté otra cosa que me tenía bastante intrigado.

–¿Y para traer los libros a Su Majestad tenéis que estar tanto tiempo en el alcázar?

–¡Ah! ¡Eres curioso, rapaz! También le enseño las letras a la infanta Berenguela... Y a la reina le gusta tenerme cerca para contarme sus cosas y pedirme algún consejo... Pero, ¡en fin!, ¿empezamos con nuestra lección?

En cuatro meses que llevaba en el alcázar había progresado mucho y ya podía leer, aunque despacio, algunos pasajes del libro que contaba las hazañas del Cid, un aguerrido caballero castellano que había vivido en tiempos del tatarabuelo de nuestro rey. Pero lo peor era la escritura. Mis manos, acostumbradas al trabajo del campo, no cogían la pluma con la finura precisa, me caían borrones en las hojas y el buen trazado de las letras me costaba mucho trabajo. En aquel momento, acababa de echar un borrón.

–¡Te daré un cachete como vuelvas a tirar otra mancha de tinta sobre el papel! –me dijo enfadado fray Mateo, mientras levantaba su mano amenazadoramente.

Yo, creí que me lo iba a dar de verdad, hice un movimiento rápido para cubrirme con la mano que sujetaba la pluma. Luego miré horrorizado lo que acababa de ocurrir.

Debido al brusco ademán de mi brazo, se habían desprendido varias gotas de tinta desde la péñola. Sobre el blanco hábito de fray Mateo, se veían ahora unas escandalosas manchas negras. Se puso en pie, rojo de furia, mientras se miraba los manchones.

–¡Ah, diablo incorregible! ¿Qué has hecho? ¿Lo ves? ¡Estas manchas no desaparecen! ¡No se quitan con ningún lavado! ¡Ven aquí! ¡Te voy a...!

Pero yo, temiendo sus iras, ya había tomado las de Villadiego. Salí del cuarto como una flecha y me alejé a todo correr por el frío pasillo. Torcí la primera esquina y seguí corriendo, mientras oía la voz de fray Mateo:

–¡Ya te cogeré! ¡No creas que te vas a escapar!

–¡Eh! ¿Dónde vas?

Esto acababa de decirlo alguien a quien yo no había visto en mi carrera. Me detuve en seco y miré. Por una puerta a medio abrir asomaba Inés. En el transcurso de aquellos meses ya nos habíamos hecho bastante amigos, pero nunca pudo llevarme a hacer una buena expedición por el alcázar, como me había prometido la primera vez que hablamos. Le contesté jadeante.

–Huyo de fray Mateo... le he manchado el hábito de tinta...

–¡Ja,ja,ja! –rió la niña–. Bueno, no te preocupes... En cuanto le pase el enfado te perdonará y no ocurrirá nada... Es un buenazo... Sólo te dará unos cuantos consejos con la cara muy seria... Oye, yo no tengo nada que hacer... Mi ama se ha marchado a Simancas para ver a una parienta que está muy enferma...

—¿Ah, sí?

—Sí...

—Entonces, ¿podemos hacer una buena incursión por el alcázar?

—Si quieres...

—Yo sí...

La chica miró a un lado y otro, como si estuviese comprobando que nadie la oía.

—Escucha, yo quiero ir hace mucho tiempo a un sitio en el que no he estado nunca... Pero no me atrevo a hacerlo sola...

—¿Qué sitio?

—Los subterráneos del alcázar.

La miré pasmado. Aquello de bajar a los subterráneos me parecía la mejor aventura que me podían proponer. Sin pensarlo dos veces, le dije:

—¡Vamos!

—Espera un momento —me respondió ella, y volvió a meterse en la habitación.

Poco después, aparecía de nuevo con una manta echada sobre la cabeza, como si fuese una capa con caperuza.

—Es que hace mucho frío... ¿Tú vas bien abrigado?

—Más o menos...

Me condujo por un laberinto de pasillos, cada vez más helados, estrechos y húmedos, y bajamos por angostas escaleras de peldaños desgastados.

Los techos eran bajos y abovedados. Estábamos ya en lugares deshabitados por donde nadie se acercaba.

—Esto está cada vez más oscuro —dijo Inés.

—Es verdad.

De vez en cuando, un estrecho tragaluz alargado, abierto en los muros, iluminaba tenuemente el camino.

–Abajo, ¿hay prisioneros? –pregunté.

–Antes sí... Ahora están en otro baluarte de la ciudad.

Nos encontrábamos ya al fondo de lóbregos pasadizos con el suelo mojado y las paredes pegajosas. Allí, como estábamos bajo tierra, hacía menos frío.

–Oye... –dijo Inés–. Yo creo que... Deberíamos volver... Está todo oscuro...

–¡Fíjate! –exclamé yo–. Allí al fondo, se ve un poco de claridad...

Avanzamos por un angosto túnel de techo muy bajo y fuimos viendo aquel resplandor cada vez más próximo. Ahora distinguíamos, a un lado y otro, tétricas puertas de hierro, oxidadas y sucias.

–¡Mira! Deben ser las mazmorras de los antiguos prisioneros... –dije yo.

–¡Qué horror! ¡Qué mal lo debían pasar aquí!

El túnel torcía a un paso de donde estábamos y nos detuvimos. La luz era allí brillante y procedía del otro lado de la esquina. Asomé la cabeza y volví a esconderla rápidamente.

–¡Es la luz de una antorcha!

–¿Una antorcha? –exclamó Inés–. ¿Cómo es posible, si por aquí nunca baja nadie?

–Pues ahora debe de haber alguna persona por estos andurriales... —¡Chhiit! –dije yo de pronto, llevándome el índice a los labios–. Escucha...

Los dos permanecimos en silencio. Hasta nosotros llegaba el rumor de varias voces que parecían cuchichear.

–Alguien anda por aquí hablando en voz baja, como si estuviesen tramando alguna fechoría... –dije yo.

–¡Oh, vámonos! Tengo miedo...

–Ven, acerquémonos un poco...

Dimos unos pasos de puntillas. Las voces se escuchaban cada vez mejor. Provenían de una de las celdas abandonadas. De pronto, le tapé la boca a Inés con mi mano. Una rata enorme venía corriendo junto a la otra pared del pasadizo. La niña la miró con ojos espantados, pero su grito quedó ahogado entre mis dedos. La rata desapareció. Inés tiró entonces de mi manga nerviosamente para que nos fuésemos de allí. Pero yo la retuve. Ahora oía perfectamente lo que decían las personas de la celda y me quedé aterrorizado. Los ojos de Inés se abrieron como platos. Una voz ronca decía:

–Será mañana, en la cena que el rey ofrecerá a los embajadores de León...

–¿Qué veneno utilizaréis? –preguntó otra voz.

–Raíces de acónito, en tal cantidad, que el rey morirá en pocas horas.

–Nuestro amo verá satisfecha su venganza...

–¿Sabéis cuál será nuestra recompensa?

–El señor conde me ha prometido quinientos maravedíes...

Entonces, con las piernas temblándome, fui yo quien tiró de la manga de Inés. Corrimos por aquellos sombríos pasadizos como si nos persiguiese el mismísimo demonio. Y, tras doblar montones de recodos, y subir las mismas escaleras que habíamos bajado, nos encontramos por fin en lugares habitados del alcázar.

–¿Has oído Inés? ¡Quieren envenenar al rey!

Inés estaba tan asustada, que se puso a llorar mientras corríamos. Yo, por mi parte, empecé a gritar:

–¡Fray Mateo! ¡Fray Mateo!

Luego, en voz baja, le dije a mi amiga:

–Nadie debe saber nada de todo eso mientras no se lo digamos a fray Mateo... ¡Fray Mateo! ¡Fray Mateo!

En la primera planta nos encontramos con un soldado.

–¿Qué diablos gritáis? ¡Fray Mateo está con la reina!

–¿Tú sabes dónde puede encontrarse ahora Su Majestad? –le pregunté a Inés.

–A estas horas suele estar en su cámara de lectura... ¡Ven!

Seguí a Inés hasta otra planta de más arriba. Allí había varios soldados en un gran corredor.

–Es en aquella puerta –me dijo Inés señalando al fondo del pasillo.

–¡Alto! –vociferó uno de los soldados cerrándonos el paso.

–¡Tenemos que ver a fray Mateo! ¡Es muy urgente! Dejadnos pasar, por el cielo –supliqué yo.

–Nadie puede pasar. Orden de la reina.

–¡Ahí te quedas, barbudo! –exclamé yo entonces, mientras, separándome de Inés, le hacía tan rápido regate a aquel gigantón, que le dejé con tres palmos de narices.

Corrí hacia la puerta que me indicaba mi amiga, pero ya había tres soldados más esperándome, con sus lanzas bien agarradas y dispuestos a darme un garrotazo. Me colé como un conejo bajo las piernas del primero y luego me lancé en plancha entre los otros dos. Éstos, al intentar cazarme al mismo tiempo, se dieron un catastrófico topetazo y sus cascos sonaron a hueco. Estaba ya ante la ansiada puerta. La empujé con todas mis fuerzas –pues era muy pesada– y...

La reina y fray Mateo me vieron aparecer con ojos asombrados. Estaban mirando el libro que me había mostrado el fraile. Era un salón muy bonito y olía a perfumes. Yo me puse de rodillas.

–¡Señora, disculpad mi intromisión! Pero tengo que decirle algo gravísimo a fray Mateo.

–¡Ah, ladrón! ¿Cómo eres capaz...? –exclamó el fraile–. Primero me estropeas el hábito y ahora te presentas aquí de esta manera...

Uno de los soldados que me perseguía irrumpió en el salón y enseguida me atrapó por el cogote. Vi entonces que la reina me miraba con curiosidad y se dibujaba una sonrisa en sus labios. Hizo un gesto al soldado para que me soltase.

–¿Quién es este muchacho? He visto alguna vez su cara, pero no sé dónde... –dijo Su Majestad con acento extranjero.

–Señora, es el paje de don Rodrigo de Coca –aclaró fray Mateo– y un entrometido que recibirá un escarmiento por haberse colado aquí como lo ha hecho...

–Parece muy excitado y creo que, de verdad, quiere deciros algo muy importante para él... Atendedle...

–A ver, ¿qué quieres, galopín?

Yo me dirigí a la reina.

–Mi señora, castigadme después todo cuanto queráis, apresadme y dadme tormento... Pero os pido que no me forcéis a contar ante vos lo que tengo que decirle a fray Mateo... Sólo se lo puedo confesar a él.

–¡Ah! –contestó la reina–. ¿Se trata de un secretito?

–Eso es, Majestad.

Doña Leonor parecía de muy buen humor aquella mañana y creo que le había caído en gracia.

–Está bien... Salid con él, fray Mateo. Pero regresad pronto. Quiero que me sigáis mostrando este hermoso libro...

Me llevé a fray Mateo a un lugar apartado del corredor, mientras él farfullaba toda clase de maldiciones contra mí y, de paso, me propinaba dos pescozones, no muy fuertes, esa es la verdad. Inés, que esperaba fuera, se reunió con nosotros. Cuando estuvimos un poco alejados de los guardias, agarrando a fray Mateo por los hábitos sin darme cuenta –tal era mi excitación–, le conté todo cuanto habíamos oído en los subterráneos. El fraile se quedó estupefacto, con los ojos fuera de las órbitas.

–¿Que van a envenenar al rey? Pero, ¿estáis locos? ¿Es eso verdad?

–Sí, fray Mateo –intervino Inés muy nerviosa–, es verdad. Os lo juro... Hay que avisar a Su Majestad...

–¡No! Esta noche llega la embajada de León y se armaría un revuelo tremendo. Nadie debe saberlo... Pero tenemos que salvar a don Alfonso. ¡Oh! ¡Si supieseis de qué veneno se trata!

–¡Lo sabemos! –exclamé yo con gran entusiasmo–. Es atónito...

–¡No! –me interrumpió Inés–. Es afónico.

Fray Mateo se llevó la mano a la barbilla y caviló durante unos instantes.

–¡Acónito! ¡Queréis decir acónito!

–¡Sí, es eso! –exclamó Inés–. Acónito...

–Hay que obrar de inmediato... Necesito el mejor caballo que haya en el alcázar para ir y venir a mi abadía en la jornada. Debo estar de vuelta antes de que se celebre la cena de mañana...

–¿Para qué queréis ir a vuestra abadía? –le pregunté.

–Allí tengo un taller de alquimia y toda clase de libros sobre plantas venenosas... Encontraré el antídoto. Pero debo disponer de la cabalgadura más rápida de todas...

–¡Yo sé cuál es! –salté de improviso.

El fraile me miró expectante.

–Es Lobo, el corcel de las crines rizadas de mi amo... Bueno, ahora pertenece ya a don Nuño... Se lo tendréis que pedir a él...

Sin decir una palabra más, fray Mateo salió disparado por el corredor, con los hábitos arremangados y una velocidad que parecía increíble para sus años. Inés y yo le seguimos.

7
La cabalgada

Mientras corríamos, fray Mateo nos dijo:

–El *aconitum*, o acónito, suministrado en las dosis suficientes, causa la muerte sin remedio... Dice la leyenda que nació de la saliva del perro Cerbero, el guardián del infierno...

–¡Corréis más que nosotros! –le dije asombrado, mientras seguía hablando.

–En la antigüedad, el acónito se administraba a los condenados a muerte, lo mismo que la cicuta... Y los galos impregnaban con él la punta de sus flechas.

Dejó de hablar. Nos habíamos detenido de pronto frente a una puerta y fray Mateo la golpeó nerviosamente.

–¡Soy fray Mateo! –se anunció sin esperar respuesta.

–Pasad... –oí dentro una voz conocida.

Don Nuño se encontraba solo en una cámara muy elegante, sentado en un recio sillón. Tenía frente a sí un tablero de ajedrez y me pareció que estaba jugando una partida consigo mismo, cosa que me sorprendió muchísimo. Mostraba la misma palidez que cuando le vi por primera vez y llevaba su largo traje de color morado oscuro.

–¿Qué os trae por aquí fray Mateo? –dijo sin mirarnos, con su tranquilidad de siempre, mientras movía una ficha–. Os noto... un poco alterado...

–Así es, señor... El tiempo vuela y me veo obligado a pediros un favor muy especial...

–Hablad...

–Necesito vuestro caballo... ¿cómo se llama? –dijo mirándome a mí.

–Es Lobo, el que le ganasteis a mi señor –intervine yo.

Don Nuño pareció reparar en Inés y en mí por primera vez, y la verdad es que nos dirigió una mirada nada cariñosa. Se puso en pie.

–¿Para qué lo precisáis?

–Escusadme si no os respondo a esa pregunta... No me es posible decíroslo –respondió fray Mateo–. Pero lo necesito ahora mismo... Tengo que ir a mi abadía, y estar de regreso, en una jornada... Os juro que el asunto es de extrema gravedad.

Don Nuño nos dio la espalda y se puso a mirar por una ventana desde la que se veía, a lo lejos, la llanura de Castilla. Parecía cavilar. Luego se volvió.

–Escusadme vos a mí si os respondo negativamente... Es el caballo más valioso del reino y no puedo arriesgarme a que tenga un accidente. Hay otros caballos muy buenos en el alcázar... El motivo tendría que ser gravísimo para dejároslo... Si al menos me hablaseis de él...

Fray Mateo se retorció las manos con nerviosismo. Se veía que luchaba con la duda de desvelar el secreto o no.

–¿Me juráis de no contar a nadie lo que os diga? –se decidió al fin.

–Así es...

–Está bien. Escuchad: tengo razones muy serias para creer que intentarán envenenar al rey durante la cena de mañana. Conozco la ponzoña que va a utilizarse: acónito. Necesito ir a mi abadía para consultar mis libros y preparar un antídoto... Y sabéis que la abadía se encuentra entre Illescas y Titulcia, a seis leguas de aquí... Sólo vuestro caballo.

Don Nuño, al escuchar aquello, no había movido ni un sólo músculo de su rostro como si hubiese oído cualquier cosa corriente. Acto seguido, sin decir nada, se aproximó a una mesita donde había tintero, pluma y unos papeles. Escribió algo en uno de ellos. Después, se puso otra vez en pie y se lo dio al fraile.

–Aquí tenéis. Llevad esta orden al caballerizo mayor. Él os entregará el caballo.

–¡Oh! ¡Dios os pagará señor! Excusadme si no me despido más ceremoniosamente, pero debo partir de inmediato...

Fray Mateo salió disparado de la habitación y nosotros le seguimos. Cuando yo cerraba la puerta, volví la cabeza y vi que don Nuño, como si nada hubiese ocurrido, se había puesto de nuevo a jugar al ajedrez contra sí mismo.

Fray Mateo nos dijo que no le acompañásemos a las caballerizas, así que Inés y yo nos quedamos arriba. Corrimos hacia una ventana para verle partir y, poco después, apareció en el patio del alcázar montado sobre Lobo. El caballo, poderoso y lleno de nervio, sacó chispas con sus cascos en las losas. Fray Mateo le espoleó. Enseguida, tras un vigoroso impulso, tomó la velocidad de una flecha. Atravesó la muralla del alcázar como un huracán y dejamos de verle.

Permanecimos mucho tiempo asomados a la ventana y, al fin, divisamos una nube de polvo muy lejos, sobre el camino de Illescas. La polvareda se alejaba sobre la planicie, hacia el norte, y sólo podía ser producida por Lobo, tal era la velocidad con que avanzaba.

–Bueno, yo me voy a los aposentos de doña Blanca –me dijo Inés–. Aunque ella no está, me puede echar de menos alguna dueña...

–¿Tú crees que llegará a tiempo fray Mateo? –le dije yo, que estaba muy preocupado.

–¡Estoy segura de que lo conseguirá! ¡Adiós! –respondió la niña, mientras se alejaba por el corredor.

Yo también me iba a marchar de allí, cuando, de pronto, me llamó la atención un ruido de caballos en el patio. Volví a asomarme a la ventana. Tres jinetes, armados con espadas y dagas, se disponían a salir también del alcázar. Oí que uno decía:

–¡Es por el camino de Illescas! ¡Vamos!

Y los tres picaron sus espuelas. Los caballos arrancaron con un brusco respingo y atravesaron la muralla del alcázar al galope. Miré la lejanía. Aún se veía la nube de polvo que levantaba Lobo, ahora ya tan lejos que casi no se distinguía en el resplandor del horizonte.

Me retiré de la ventana para irme hacia mi cuarto.

«Esos tres jinetes llevan el mismo camino que fray Mateo, pero nunca podrán alcanzarle yendo él sobre Lobo», pensé, mientras avanzaba por un gran corredor.

Caminaba deprisa, intentando pasar desapercibido para que nadie me mandase algún recado durante el trayecto. Y me ocurría una cosa bastante extraña. No se me iban de la cabeza las palabras que había dicho uno de los tres jinetes que salieron de la fortaleza después de fray Mateo: «¡Es por el camino de Illescas! ¡Vamos!». Bueno, era una frase bastante corriente, que yo ya había oído varias veces a otros caballeros que partían del alcázar. Sería por el tono de voz de quien la pronunció, ronco y enérgico.

Estuve toda la tarde dando vueltas tontas, por si veía de nuevo a Inés. Pero no la encontré. Al anochecer, me acerqué a las cocinas para que me diesen algo de cenar. No pude evitar que me mandasen a llevarle una bandeja con viandas a un marqués muy grueso que era, creo, mayordomo de Su Majestad. Al fin, pude escabullirme a mi cuarto cuando ya era de noche.

Se vino conmigo Lucero, el mastín de mi amo, que se tendió al lado de mi colchón.

–Lucero, ¿tú crees que fray Mateo logrará salvar al rey? Lobo es el mejor caballo de Castilla, pero, ¿y si no consigue dar con el antídoto?

Lucero, a la débil luz de un cabo de vela, me miraba atento con sus ojos de bueno. La última cosa que se me vino a la memoria antes de dormirme fueron las palabras que tenía metidas en la cabeza desde mediodía: «¡Es por el camino de Illescas! ¡Vamos!»

De pronto, me senté de un salto en mi lecho. La oscuridad era completa. Debían haber pasado varias horas desde que me dormí. Todo el tiempo había estado soñando: en los subterráneos del alcázar, en una rata gigantesca que nos perseguía a Inés y a mí; en Lobo, que en lugar de galopar con fray Mateo encima, volaba... Al final, como si fuesen dichas por una voz lúgubre desde el fondo de una gruta, oí las malditas palabras del jinete, cada vez más potentes: «¡Es por el camino de Illescas! ¡Es por el camino de Illescas! ¡ES POR EL CAMINO DE ILLESCAS!» Fue entonces cuando me senté de un salto en la cama. Lucero, asustado, también se puso en pie y gruñó.

–¡Claro! –exclamé en voz alta–. ¡Lucero, ya sé por qué tenía esas palabras metidas en la cabeza todo el tiempo! Porque las dijo una de las voces que oímos en los subterráneos... ¡Esos hombres han salido tras fray Mateo para tenderle una emboscada en el camino a fin de que nunca regrese con el antídoto!

Me puse a vestirme a toda prisa en la oscuridad y, mientras lo hacía, seguí hablándole a Lucero.

–Es imposible que le hayan podido alcanzar antes de llegar a la abadía con la ventaja que fray Mateo les llevaba y, además, cabalgando sobre Lobo... Así que la emboscada se la tenderán en el camino de regreso...

Tenía decidido lo que iba a hacer. Me vestí con mis ropas de más abrigo, cogí mi espada y me eché una manta por la cabeza. Al salir al solitario corredor, el frío era glacial. Me brotaban nubecitas por la nariz y me castañeteaban los dientes. El débil resplandor de la luna penetraba por las ventanas y no se escuchaba el menor ruido. Avancé hasta encontrar la escalera que descendía a los patios de las caballerizas. Me asomé antes de internarme en ellos. No se veía a nadie. Por alguna parte se oían ronquidos de los mozos con quienes dormí la noche en que llegué al alcázar.

Procurando no hacer ruido, me deslicé como una sombra hacia los establos y penetré en el primero. Tan sólo distinguía bultos oscuros. Eché mano al primer caballo con que topé, y estaba a punto de saltar sobre el animal, cuando una mano dura y pesada se posó sobre mi hombro. De haber sido de día, se hubiese notado que me ponía blanco como la cal.

–¡Te cacé, cabeza de bellota! ¡Conque robando un caballo, ¿eh?! Ahora me las vas a pagar todas juntas y, además, se lo diré al caballerizo mayor.

¡Era Pero Malo! ¡El mozo con el pelo color zanahoria! No podía tener un encuentro peor. Sin mediar más palabras, alzó el puño para descargarlo sobre mí. Pero nunca llegó a su destino. Oí a mi espalda un poderoso rugido y una enorme sombra se abalanzó con fiereza sobre mi agresor. Era Lucero, que me había seguido sin que yo lo advirtiera, tan enfrascado iba en mis pensamientos. El mastín echó por tierra a Pero Malo y le puso las patas delanteras sobre el pecho.

–¡Socorro! ¡Quitadme a ese bicho de encima! ¡Me va a matar!

–¡Quieto, Lucero! –dije yo–. ¡Estúpido, no quería robar ningún caballo! Es que tengo que ir en busca de fray Mateo... le van a tender una emboscada en el camino de regreso desde su abadía...

–¿Una emboscada? No sé de qué me hablas. Oye... –me dijo el mozo–. Te ayudaré si le ordenas al perro que me deje.

–¿A qué me ayudarás?

–¿No ves que no puedes salir de la ciudad? Las puertas de las murallas están cerradas y los guardias no te dejarán pasar...

–¡Maldición! No había pensado en eso... ¿Tú puedes hacer algo?

–Sí... Pero, ¿Qué me darás a cambio?

–Yo no tengo nada... Sólo le puedo hablar a mi amo de ti para que te consiga un puesto mejor en el alcázar...

–¡Trato hecho!

–Pero júrame que no volverás a atacarme... Yo, por mi parte, estoy dispuesto a olvidar todos los mamporros que me has propinado.

–Está bien... Lo juro –dijo el otro a regañadientes.

–Déjale, Lucero –ordené yo.

Había dos murallas: la de la propia fortaleza y la de la ciudad. Pasamos la primera sin dificultades, pues uno de los guardias era tío de Pero Malo y le dijo que teníamos que llevar el caballo a casa de un judío rico antes del amanecer. Luego, Pero se montó sobre el animal y yo me subí detrás, en la grupa.

Por las estrellas vi que era de madrugada. Atravesamos las callejuelas tortuosas de Toledo a todo galope. Las pisadas del caballo resonaban en las fachadas y avanzamos siempre hacia el norte, por el lado opuesto a donde el Tajo ciñe a la ciudad. Lucero nos seguía. Mientras cabalgábamos, Pero me dijo:

—Saldrás por una poterna que los albañiles están reparando desde hace unos días, por la parte de Santo Domingo. Ponen a un guardia por la noche, pero con el frío que hace seguro que se ha refugiado en alguna casa cercana. Llegamos al final de una callejuela, descendimos del caballo y nos ocultamos en las sombras de los muros. Desde allí veíamos la poterna, que tenía el paso franco.

—Súbete al caballo —me indicó Pero—. Cuando yo le dé una palmada en la grupa, tú le hincas los talones, te vas derecho a la poterna y la cruzas. Aunque el guardia te vea, no podrá detenerte, ni distinguirá en la oscuridad quién eres... Yo regresaré al alcázar con el perro sin que nadie me vea... ¿Preparado?

—Preparado.

—¡Hop! ¡Vete! ¡Corre, caballo! —dijo Pero, mientras golpeaba al animal.

A la vez, yo le espoleé con todas mis fuerzas. Dio un brinco y salió disparado hacia la poterna. La atravesé como una exhaltación y no vi ni oí al guardia. Debía de estar durmiendo en alguna parte.

Luego cabalgué y cabalgué sin parar durante toda la noche por el camino de Illescas, envuelto en mi manta y sintiendo un frío cortante azotándome la cara.

Conforme fue amaneciendo, se iba dibujando el paisaje: llano, con álamos, chopos y olivos dispersos. La tierra se veía blanca a causa de la escarcha. Desde el momento en que amaneció, mis ojos no dejaron de escudriñar el horizonte continuamente. Esperaba descubrir a los tres jinetes apostados, aguardando a fray Mateo.

Pero no vi nada. La jornada fue avanzando. Me paré para que descansara el caballo poco antes del mediodía. Y luego continué cabalgando. El día era soleado y ahora hacía menos frío. Mi pulso latía cada vez con más fuerza, pues temía encontrarme a cada paso con Lobo sin jinete o al fraile sin vida a un costado del camino.

De pronto, hacia la hora nona, el corazón me dio un brinco en el pecho. Al otro lado de una pendiente, pero sin ver nada todavía, oí unas palabras que me dejaron paralizado.

–¡Acabemos con él!

–Tú, vete por detrás... Nosotros le atacaremos de frente...

Empuñé mi espada y azucé el caballo hasta llegar a la cima de la cuesta. Lo que vi me dejó atónito.

Fray Mateo, fuera del camino, estaba rodeado por los tres hombres que había visto salir del alcázar. Pero el fraile no parecía mostrar el menor miedo. Les esperaba en el centro, con las rodillas un poco dobladas y las dos manos por delante. Pero no con los puños cerrados, sino con las palmas extendidas de forma muy rara, como yo nunca lo había visto en una pelea. Los otros tres habían empuñado sus dagas.

–Acercaos, hermanitos –les decía fray Mateo–. Andad, venid a mí, que os quiero hacer una caricia...

Lo que ocurrió a continuación me dejó pasmado. Uno de los malhechores se lanzó con su daga hacia fray Mateo. Mas éste, esquivándole mediante un raudo movimiento, lanzó al mismo tiempo el canto de su mano contra el cuello del bandido. Le vi caer como un saco. Casi al mismo tiempo, los otros dos se habían precipitado también sobre el fraile. Yo no sé lo que hizo. Lo cierto es que uno voló por los aires en una extraordinaria voltereta y el otro recibió tal talonazo en la quijada, que quedó en tierra como un muerto. Instante después, los tres rufianes formaban un lastimero concierto de ayes inconsolables. Entonces fray Mateo me vio.

–¡Por el cielo! ¿Qué haces tú aquí?

–¡Vine a ayudaros!¡Vi salir a estos hombres del alcázar y, por la voz de uno de ellos, reconocí que eran los mismos que escuchamos Inés y yo en los subterráneos!

–Pues ya ves que puedo defenderme solito... –dijo, mientras se sacudía las manos como quien ha terminado un trabajo con limpieza.

–¡Eh! ¡Se escapan! –exclamé yo entonces.

En efecto, los dos hombres, atemorizados por los contundentes golpes que les propinara fray Mateo, corrían por el campo, alejándose de nosotros tan deprisa como les permitían sus piernas.

–¡Les reconoceré! –exclamé yo–. Cuando regresen al alcázar podremos atraparlos y sabremos quién es su jefe...

Fray Mateo les miró alejarse sin moverse.

–Desgraciadamente, esos tres ya no volverán... Pero lo que has dicho antes me hace pensar que... –fray Mateo cortó sus palabras–. ¡En fin! ¡Vamos, vamos! El tiempo se nos echa encima y temo llegar al alcázar cuando el drama ya no tenga solución.

–Pero, ¿traéis el antídoto?

–Ahí está... –dijo señalando a unas alforjas que colgaban de Lobo–. ¡Rápido! ¡Monta conmigo!

Salté a la grupa del caballo y fray Mateo sólo tuvo que agitar las bridas suavemente para que partiera como un meteoro. Los otros cuatro caballos nos siguieron de lejos sin jinete.

8
Salvado

Cabalgamos sin parar mientras la tarde fue cayendo con gran rapidez, como ocurre en el invierno. Algunos labradores nos miraban al borde del camino, asombrados por la velocidad de Lobo, de que tras nosotros viniesen cuatro caballos sin jinete y de las voces de fray Mateo, que animaba continuamente al corcel de don Nuño.

–¡Vamos, caballito! ¡Más deprisa! ¡Galopa! ¡Vuela!

–Fray Mateo –le pregunté yo a mi maestro apenas empezamos la carrera–, ¿qué forma de combatir es ésa que habéis empleado para sacudir a los tres rufianes? No la había visto nunca y me dejó maravillado...

–¡Oh! Metomentodo... Eres el único que ha descubierto mi secreto...

–¿Secreto?

–Sí, jovenzuelo... Casi nadie lo sabe, pero yo acompañé al rabino Benjamín de Tudela hace treinta años en su viaje a Oriente... Eso sí, yo llegué mucho más lejos que él... Hasta las islas de Cipango, donde los nobles practican una lucha, que llaman *Karate*, desconocida en Occidente...

–¿Y esa lucha es la mejor que vos habéis practicado?

–Así es...

–¡Pues sois el mejor combatiente de Castilla!

–¡Bah! Paparruchas... Sólo hago uso de ella si me veo en un gran peligro... ¡Ah! Y ya sabes, se trata de un secreto; así que no hables de ello con nadie...

–¡Enseñádmela a mí! Seré invencible y podré, así, servir mejor a nuestro rey en sus guerras contra los infieles...

–¡Vamos, caballitos! ¡Vamos! –fue lo único que respondió fray Mateo, y ya no habló más de sus habilidades en todo el camino.

Cuando cerró la noche, la cabalgata se hizo angustiosa. Fray Mateo azuzaba y espoleaba al caballo sin parar y yo advertí cómo Lobo estaba tan empapado de sudor que su piel se veía cubierta de una espuma blanca.

–¡No llegamos! ¡No llegamos! –exclamaba cada vez más nervioso fray Mateo, cuando ya esperábamos ver de un momento a otro, a lo lejos, las luces del alcázar.

–¡La cena estará a punto de empezar, si no ha empezado ya!

Al fin; al doblar el recodo que hacía una pequeña loma, descubrimos asombrados el alcázar. Era una luminaria en la cumbre de Toledo. Como luego sucedió en otras ocasiones solemnes, lo habían iluminado tan magníficamente que parecía un ascua caída del cielo. Cientos de grandes lámparas de aceite, rodeadas de papel encerado para que el viento no las apagase, lucían en las fachadas del alcázar para celebrar la embajada llegada de León.

Al grito de «¡paso en nombre del rey!» cruzamos la muralla de la ciudad y nos internamos por sus tortuosas callejas sembrando la admiración y el sobresalto de la población. Había muchos soldados armando revuelo por todas partes –los que habían llegado de León escoltando a los nobles– y se quedaban mirando la estampa de Lobo, cubierto de espuma y atravesando la ciudad como un huracán.

Al traspasar la puerta del alcázar, el fraile gritó:

–¡Vamos Lobo! ¡Adelante!

Y, ante mi asombro, en lugar de bajarnos del caballo para que se lo llevasen a las cuadras, fray Mateo lo espoleó con fuerza dirigiéndolo recto hacia el edificio. Penetramos en él por una puerta lateral del patio y nunca olvidaré los momentos vertiginosos que siguieron. ¡Cabalgábamos al galope en el interior del palacio, atravesando pasillos, salas, corredores y galerías! El ruido de los cascos de Lobo rebotaba en las paredes atronando las estancias y sus pezuñas hacían añicos las baldosas a cada pisada. Los soldados y sirvientes que nos encontrábamos al paso retrocedían con el espanto pintado en sus ojos.

Hasta mis oídos llegó el murmullo de voces animadas y las notas de cítara y vihuelas.

–¡Ahí está el comedor! –dijo al fin fray Mateo.

Al fondo del corredor muy iluminado con lámparas y antorchas, se veía una gran puerta guardada por soldados.

El caballo se dirigió hacia ella como un trueno, mientras fray Mateo les gritaba a los soldados:

—¡Paso! ¡Paso!

De pronto, el caballo frenó en seco al tirar fray Mateo de sus bridas y yo me quedé atónito. Habíamos penetrado en una inmensa sala de techo artesonado. Había tres largas mesas formando una U y, en la del medio, reconocí a Su Majestad. Junto a él sonreía la reina. Todas las mesas, ocupadas por damas y nobles, estaban provistas de riquísimas vajillas. En el centro de la U, músicos, acróbatas y bufones amenizaban los inicios de la comida.

Al aparecer fray Mateo y yo, se hizo un silencio sepulcral y todos los ojos se dirigieron muy abiertos hacia nosotros. Los acróbatas se quedaron quietos y los músicos dejaron de tocar. En aquel mismo instante, un camarero había colocado frente al rey una fuente de plata con una humeante pierna de cordero, entre copas de oro y vasos de vidrio tallado. Su Majestad, con un cuchillo en la mano, se dispuso a cortar un trozo. Fray Mateo, de un increíble salto, se precipitó a tierra y gritó:

—¡Alto, majestad! ¡No comáis aún!

El rey, con un gesto medio de asombro, medio de reprobación, clavó sus ojos en fray Mateo.

—¡Fray Mateo! Nos honráis con una aparición que ni yo, ni estos dignos nobles leoneses y castellanos, esperábamos... ¿No es, quizás, improcedente?

Fray Mateo, que mientras había sacado cuatro garrafas de las alforjas de Lobo, se aproximó frente a la mesa real e hincó la rodilla en tierra.

—Mi señor... Cuando os explique la causa de mi escandalosa aparición, creo que podré merecer vuestra indulgencia...

–Hablad... –dijo el rey, que había tomado un trozo de carne con la punta de su cuchillo y parecía iba a llevárselo a la boca.

–Sí, pero os ruego que no comáis ese trozo de carne antes de oírme...

–¿Por qué? De veras me estáis importunando, frailecillo...

–Es muy simple –respondió fray Mateo con el tono más animoso que pudo–. Los monjes de mi abadía hace tiempo que preparaban en secreto, para vos y los esclarecidos nobles que os sirven, un vino singular; un vino que, tomado antes de cada comida, hace que las viandas se asienten en el estómago de la mejor y más conveniente forma para producir una plácida digestión. Y una buena digestión, como sabe mi señor, es el secreto para alejar todas las enfermedades del cuerpo y proporcionar una larga vida llena de vigor y bienestar...

–Vaya, vaya... ¿Y traéis ese vino en las garrafas? –dijo el rey, mientras balanceaba el trozo de carne en la punta del cuchillo por los alrededores de su boca.

–Así es, señor. He cabalgado día y noche desde mi abadía con el solo propósito de llegar a tiempo para que lo tomaseis antes de comer nada... Viendo que la cena estaba a punto de empezar, es por lo que he osado entrar aquí a caballo... Sólo espero de este esfuerzo que Vuestra Majestad pruebe el vino en su momento preciso...

–Está bien, está bien... Que los camareros sirvan a todos de esas garrafas...

Fray Mateo las colocó sobre la mesa y los sirvientes escanciaron el vino en la copa del rey y de todos los nobles. Su Majestad, por fin, bebió un largo trago antes de tomar nada. Saboreó con la lengua el gusto del vino y, luego, con un gesto bastante raro en el rostro, le dijo a fray Mateo:

–Sí... En verdad creo todo cuanto me habéis dicho sobre las virtudes de este vino, fray Mateo... Pero, ¿no tiene un sabor un tanto extraño?

–Pues... Veréis... Yo...

Fray Mateo no pudo continuar. Vi cómo, apenas bebió Su Majestad, el fraile empezaba a ponerse pálido y más pálido. Luego, su rechoncho cuerpo, girando sobre sí como una peonza, se derrumbó al suelo desmayado. El pobre, después de tanta tensión durante casi dos días y una noche, no había podido resistir la última emoción de nuestra aventura.

SEGUNDA PARTE *El viaje a Roma*

1
La llamada del rey

Mi participación en el salvamento del rey cuando solo contaba ocho años fue el acontecimiento más llamativo de mi niñez. Aparte de la muerte de mi padre y de estar presente en la batalla de Alarcos. Luego fueron pasando los años y el alcázar de Toledo se convirtió para mí en mi propia casa. Me conocía sus más misteriosos rincones y recovecos; a todos sus ocupantes: damas, nobles, caballeros, soldados, sirvientes, y no ignoraba sus problemas, sus chismes y hasta sus secretos.

Mi señor, que Dios guarde, don Alfonso VIII, guerreó victorioso en Álava y Guipúzcoa por aquellos años, pero siempre le atormentó el recuerdo de la derrota de Alarcos. Cada vez que se reunía con los notables del reino, hablaba de su gran proyecto guerrero, que consistía en organizar un formidable ejército capaz de asestar el golpe definitivo a los musulmanes.

A los dieciocho años, yo era un joven espigado y vigoroso, ágil como un tigre y listo como un halcón. Había ya ascendido al cargo de escudero de mi señor, don Rodrigo, que en el año 1200 se casó con doña Blanca.

Fray Mateo –por el que siempre sentiré un agradecimiento infinito–, se encargó de esclarecer mi pobre mente rústica. Me enseñó a leer y escribir en romance y en latín; aprendí con él la Astronomía, que nos muestra la posición sobre el firmamento de los cinco planetas y de las constelaciones, en cuyo centro está la Tierra. Me hizo diestro en la interpretación de mapas y cartas marinas, con lo que pude conocer todo el orbe terráqueo, desde las costas de Portugal hasta las lejanas ínsulas de Cipango. Me instruyó en la Geometría y en las virtudes y peligros de toda clase de plantas. E hizo que me aprendiese casi de memoria la Santa Biblia y que leyera a los antiguos sabios griegos, latinos y árabes.

Durante algunos años, el fraile, Inés y yo, guardamos el secreto de la conjura contra el rey. Pero cuando Su Majestad sufrió un nuevo atentado en Tordesillas, del que se salvó milagrosamente, fray Mateo le contó toda la historia de su frustrado envenenamiento.

La mañana del 16 de mayo de 1205, los caballeros se adiestraban en el patio de armas, cruzando con gran fragor sus espadas.

–¡Vamos, ataca sin miedo! –me dijo don Rodrigo.

–¡Señor, temo haceros daño! –respondí yo.

–¡Adelante, Fernando! ¡No dudes de que te pararé el golpe!

Entonces lancé la vieja espada de mi padre con todas mis energías. El golpe resonó a hueco sobre el escudo de mi amo, y llevaba tal fuerza, que don Rodrigo cayó a tierra con gran estrépito. Me precipité para levantarle.

–¿Os he hecho daño? Disculpadme...

–Por Dios que si no me cubro a tiempo me destrozas.

–Vos me dijisteis que os atacase sin miedo...

–Sí, sí... Desde luego...

–El joven, además de listo y astuto, es un diestro guerrero... Y vos os estáis haciendo viejo, don Rodrigo...

Tanto mi amo como yo volvimos la cabeza al oír aquella voz conocida. Junto a nosotros estaba don Nuño, con su inquietante palidez, su antipática tranquilidad y su eterno traje de color morado oscuro. El escudero le llevaba hasta siete puñales árabes, con el mango ricamente labrado y las hojas tan relucientes que parecían espejos.

–En efecto, es un diestro guerrero, ante el que vos también os sentiríais viejo... –respondió mi amo.

–¿Me permitís –siguió don Nuño– que cualquier día tenga una conversación con él? Tal vez sus virtudes se están desperdiciando en el trabajo de simple escudero... Yo podría ofrecerle oportunidades mucho más en consonancia con sus dotes.

Yo salté de inmediato.

–Señor, soy escudero de don Rodrigo y no pienso abandonar su servicio por nada en el mundo...

–Está bien, está bien... –respondió don Nuño.

Y, sin hacernos caso, dio media vuelta y comenzó a realizar un ejercicio que nos dejó a todos admirados.

Se colocó frente a un poste de madera, a unos sesenta pies de distancia, y empezó a lanzar sus cuchillos contra él. Las hojas de metal silbaban al cortar el aire y se iban a incrustar en la madera con un sonido seco. Todas coincidían en un punto, unas junto a otras, y los puñales iban formando como una flor. Don Nuño se dirigió a mi amo con una sonrisa irónica.

–¿Acaso os queréis apostar algo conmigo en el lanzamiento de cuchillos? ¿O no es éste vuestro fuerte?

Don Rodrigo se mordió los labios.

–En este caso, no puedo competir con vos... Yo no soy diestro en artes musulmanas...

En aquel momento se aproximó a nosotros un lacayo. Le habló a mi amo:

–Señor don Rodrigo, Su Majestad os espera a mediodía en su cámara de trabajo. Os ruega que no os demoréis. Puede acompañaros vuestro escudero...

Mi amo y yo nos miramos extrañados. ¿Para qué le querría el rey a aquellas horas? Enseguida abandonamos el patio de armas y, al alejarnos, yo volví la cabeza. Don Nuño continuaba lanzando sus cuchillos con precisión extraordinaria y todos los caballeros habían dejado de combatir para observarle callados. El silencio del patio sólo era roto por los duros impactos sobre el poste.

Cuando mi amo y yo nos refrescamos y cambiamos de ropa, acudimos ante Su Majestad. Estaba sentado frente a una mesa llena de documentos, en una cámara pequeña y acogedora. Su gesto era grave. Indicó que nos acomodásemos en unos escaños de tijera provistos de sendos almohadones de terciopelo rojo. A los pies del monarca dormitaban dos preciosos galgos blancos.

–Os extrañará, don Rodrigo –dijo el rey–, que os llame a la hora de vuestros ejercicios, pero los muchos méritos acumulados por vos en mi servicio me han decidido a encomendaros una misión delicada...

–Estoy a vuestra disposición, mi señor.

–Mirad... El peligro árabe se cierne continuamente desde las costas de África... Mis espías tienen noticia de que otro gran ejército musulmán podría atravesar el estrecho de Gibraltar con la intención de asolar otra vez nuestros reinos...

El rey se puso en pie y comenzó a pasear por la cámara.

–Y no quiero que se repita de nuevo una jornada tan fatídica como la de Alarcos...

–¿En qué consiste la misión que me confiáis?

–Quiero que vayáis a Roma, en compañía de vuestro escudero, para pedirle a Su Santidad el Papa, Inocencio III, que le otorgue el rango de cruzada a la guerra de Castilla contra los sarracenos...

–¿De cruzada?

–Así es. De ese modo, nobles y caballeros de todo Occidente vendrán con sus ejércitos para combatir junto a los nuestros...

–Señor, partiré cuando vos lo dispongáis... Pero para los contactos con Su Santidad, ¿no sería más adecuado un religioso?

–No os preocupéis, también irá con vos fray Mateo...

Estuvimos hablando largo tiempo con Su Majestad

sobre los preparativos del viaje, hasta que, de improviso, el rey le preguntó a mi amo:

–¿Habéis averiguado algo nuevo sobre esa conjura que se cierne sobre mi cabeza desde hace diez años?

–Nada, señor...

–¡Ah! No puedo vivir continuamente rodeado de soldados que me guardan, con probadores que catan todas mis comidas por si están emponzoñadas... ¿no estarán detrás de esto los árabes? En Toledo viven muchos, e incluso hay sirvientes musulmanes en el alcázar... ¿Y los judíos? ¿Tendrán algo que ver con la conjura?

–Yo creo que no, Majestad –me atreví a intervenir yo.

–¿Por qué crees que no Fernando?

–Porque los árabes y los judíos viven tranquilos en Toledo y no sería lógico que tramasen nada contra vos... Sólo les acarrearía problemas...

–¿Quieres decir que quienes conspiran contra mi vida son traidores castellanos y cristianos?

–No me atrevo a asegurar nada, mi señor...

Cuando nos separamos del rey, yo me fui en busca de fray Mateo. En ese momento estaba dándole su lección a Pero Malo, el antiguo caballerizo de los pelos color zanahoria. Con el tiempo, y la ayuda de fray Mateo y de mi amo, se había transformado en un magnífico muchacho y gran amigo mío a pesar de ser cinco años mayor que yo.

–¡Nos vamos a Roma, fray Mateo! –exclamé yo al entrar.

–Ya lo sé... Ya lo sé...

–¡Ah!

–Fui yo la primera persona a quien Su Majestad comunicó la noticia, impetuoso joven...

–¿Y no estáis contento?

–Desde luego. Siempre es un privilegio poder ver a Su Santidad...

–Yo también voy –intervino Pero Malo.

–¿Ah, sí?

–Claro... Como secretario que soy de fray Mateo, tengo que acompañarle...

–¡Estupendo! ¡Creo que nos vamos a divertir de lo lindo!

–Bueno, bueno... –dijo fray Mateo–. No echéis las campanas al vuelo... El viaje es largo y los caminos, peligrosos. Hay bandoleros y tenemos que atravesar reinos extraños...

–¿Sabéis ya la ruta que haremos? –pregunté yo.

–Desde luego. Mirad...

El fraile se levantó, abrió un armario y extrajo un gran pergamino de entre otros muchos que tenía allí enrollados. Era un mapa de tierras occidentales. Lo extendió sobre la mesa donde le estaba dando la lección a Pero.

–Fijaos... Atravesando nuestra Castilla hacia el norte, iremos hasta San Sebastián, y de allí pasaremos al reino de Francia. Llegaremos a Montpellier y, después, a Génova, en tierras italianas. Luego, Pisa, Liorna y Roma...

–¿Cuánto tardaremos en el viaje?

–No menos de tres meses... Y eso, yendo muy bien las co...

Fray Mateo no pudo terminar la frase. De pronto, Pero Malo se puso rojo, desenvainó su daga y, de un salto, se lanzó hacia los cortinajes que cubrían la puerta de salida al pasillo. Los descorrió de un manotazo ante nuestro estupor. Detrás no había nada ni nadie, pero los tres oímos cómo unos pasos se alejaban a toda velocidad por el corredor.

–¡Dios mío! ¿Qué ocurre? –exclamó fray Mateo muy alarmado.

–¡Había alguien espiándonos tras la cortina!

–¡Pues sea quien sea huye por el corredor! –intervine.

Pero y yo nos lanzamos al unísono tras aquellos pasos, mas después de dar muchas vueltas por pasadizos y escaleras, y de mirar todos los huecos y rincones sospechosos, no dimos con nadie. Regresamos junto a fray Mateo.

–¡Son los de la conjura, no me cabe duda! –exclamé furioso.

–¡Virgen santa! ¿Es que esto no acabará nunca? –se lamentó el fraile.

–¡Desenmascaremos a la persona de quien vos y yo sospechamos!

–¡Ah! Eso nunca... Tendríamos que estar completamente seguros...

–¿Sospechar? –interrogó Pero Malo–. ¿De quién?

–Ya lo sabrás a su debido tiempo –respondió fray Mateo–. De momento sigamos con la lección...

2
El viaje

Dos o tres días después, salí del alcázar por la mañana y bajé hasta las orillas del Tajo. A media legua de la ciudad tenían una hermosa casa de recreo los padres de Inés, Señores de Talavera. De pronto, ante mi asombro y mi enojo, le habían prohibido a la muchacha que se viera a solas conmigo. Ni ella ni yo podíamos sufrir esta separación y teníamos que inventar distintas tretas para encontrarnos. El día anterior, un pajecillo del alcázar, cómplice nuestro, me trajo una nota de mi amiga. Me decía que aquella mañana estaría en el río con sus criadas lavando las ropas de su casa.

Se habían llevado un carrito con un pollino y las criadas golpeaban las prendas a la orilla del agua. Los pájaros trinaban por todas partes. Yo me acerqué a través de un bosquecillo de chopos blancos y enseguida distinguí a Inés, que resplandecía en la pradera. Estaba cogiendo pequeñas flores silvestres. Me acerqué a ella y todas las criadas lanzaron risitas de complicidad.

–Me voy a Roma con don Rodrigo... –le anuncié tras los primeros saludos.

Ella sólo miraba al suelo, como si no se atreviese a fijar sus ojos en los míos.

–Ya, ya me lo han dicho... ¿Sabes cuánto tiempo durará el viaje?

–Bueno, según fray Mateo, la ida nos llevará por lo menos tres meses, y otros tantos, la vuelta... Pero, oye... Yo quiero hablar de otra cosa... ¿Por qué tu padre no permite que nos veamos? Hemos sido amigos durante toda nuestra niñez... ¿Qué ocurre ahora?

Ella me miró con tristeza y tardó en contestar...

–¡Oh! Tú lo sabes bien...

–Sí, lo sé... Pero no lo comprendo. Nos hemos hecho mayores; tus padres pertenecen a la nobleza y mi padre fue un pobre siervo... ¿Por eso nos separan? Yo soy, al fin y al cabo, el escudero de don Rodrigo, uno de los caballeros más importantes de la corte...

–Fernando, ya has visto cómo se rigen las cosas... Todos los escuderos son hijos de nobles... Tú lo has conseguido porque el rey no se olvida de que le ayudaste a huir en Alarcos... Pero los escuderos que no son hijos de nobles...

–¿Qué?

–Nunca llegan a ser caballeros.

–¡Pues yo lo seré! ¡Y tú te casarás conmigo!

Ella se puso roja al escuchar aquella impulsiva declaración. Luego, de pronto, se echó a llorar. Sentí un penoso hormigueo al verla sollozar y le cogí una mano. Era tan delicada como una de las flores que apoyaba en su regazo.

–¿Por qué lloras? ¿Qué te pasa?

–¡Oh, Fernando! Eso no será posible... Mis padres ya planean prometerme en matrimonio a algún noble de la corte... ¡Y yo no quiero que me prometan a nadie!

Yo también me puse rojo al oír aquello.

–¡No lo consentiré! ¡Júrame que tú tampoco!

–¡No puedo hacer nada!

–Dime, al menos, que tú... Que tú... Bueno, yo... Que tú también me quieres...

Ella, entonces, elevó la mirada y clavó sus ojos llorosos en los míos. Después hizo un leve gesto afirmativo con la cabeza.

–¡Entonces yo conseguiré que tu padre me acepte!

–También tiene que dar permiso el rey...

–¡Pues a él se lo pediré!

Cuando nos separamos, los dos estábamos tristísimos, pues, a pesar de mis ímpetus, ambos sabíamos que nunca un joven de origen tan humilde como el mío había logrado casarse con una muchacha de la nobleza.

Partimos hacia Roma al amanecer del día 2 de junio de 1205. Íbamos don Rodrigo, fray Mateo, Pero Malo y yo; nadie más. Según supe después, la entrevista con el Papa era un asunto secreto y la comitiva debía pasar desapercibida. Montamos en buenas mulas; llevábamos otras cuatro con ropa limpia y algunos valiosos presentes para Su Santidad.

Cuando íbamos a atravesar las murallas del alcázar, volví la vista hasta una de las ventanas altas de la fortaleza.

Allí, medio escondida, descubrí a Inés, que me hizo un gesto de adiós con la mano, tal como habíamos quedado al despedirnos. Parecía muy mohína y se me encogió el corazón.

Los caminos del reino eran polvorientos y el calor apretó de firme. En todas partes nos recibían muy bien debido a nuestras credenciales del rey y pernoctábamos en casas de nobles castellanos que nos trataban con todos los honores.

Un mediodía, poco antes de llegar a la magnífica villa de Burgos, mi amo detuvo su mula en la cresta de una pendiente y se quedó mirando al horizonte con ojos entornados. Yo seguí su mirada. En la lejanía me pareció ver una pequeña nube de polvo.

–¿Qué ocurre, señor? – le pregunté a don Rodrigo.

–Juraría que, desde que salimos de Toledo, nos siguen seis o siete jinetes... Parémonos aquí para ver si nos adelantan...

Pero, al detenernos durante varias horas a la sombra de unos olmos, nadie pasó por el camino. Es más, la nube de polvo desapareció, como si los jinetes a quienes se refería mi amo se hubiesen parado también o hubiesen tomado otra ruta.

Con esta preocupación pasamos a Francia a finales de julio. Atravesamos la región del Languedoc y, tanto a Pero Malo como a mí, las gentes de aquellas tierras nos tenían maravillados.

–¿Has visto, Pero? Ni uno solo de estos paisanos deja de hablar francés un instante...

–¡Voto a bríos! Lo que no me explico es una cosa.

–¿Qué cosa?

–¡Por Cristo crucificado! Que hasta los niños pequeños hablan esta endiablada lengua, cuando los niños pequeños sólo pueden saber castellano...

Ante aquellas simplezas, fray Mateo se desternillaba de risa.

Llegamos a Montpellier, una ciudad muy animada, y nos alojamos en la primera posada de la villa. Por la noche, antes de irnos a dormir, nos quedamos a platicar un rato en el refectorio.

–Todo esto está lleno de cátaros... –nos dijo en voz baja fray Mateo.

–¿Y quiénes son esos señores? –pregunté yo completamente intrigrado.

–Es una secta de herejes... Afirman que existen dos creadores: Dios y Satán. Dios ha creado las cosas espirituales y Satán las materiales...

Yo, al decir fray Mateo que todo aquello estaba lleno de cátaros, le eché una inquieta ojeada a la sala, iluminada con lámparas de aceite. Y mis ojos se detuvieron sobre un grupo de hombres que bebían vino en un rincón oscuro. Eran seis o siete y no hablaban. Llevaban espadas y dagas. Le di un codazo a mi amo.

–¿Serán cátaros esos individuos, señor? –dije en voz baja.

Don Rodrigo les miró fijamente durante unos momentos.

–Parecen castellanos... Y lo mejor será que no les quitemos el ojo de encima.

Pero no ocurrió nada con ellos y pronto nos fuimos a dormir. Teníamos reservado un enorme aposento en el piso de arriba, con cuatro buenas camas separadas unas de otras por medio de cortinas. Apagamos las lámparas, nos acostamos y, poco después, oía roncar cual lirones a todos mis compañeros de viaje.

Yo, a pesar del cansancio, no podía dormirme, pues tenía metida en la cabeza aquella palabra, *cátaros*, que me resonaba en el cerebro como algo lleno de misterios. Además, me acordaba continuamente de Inés.

De pronto, mis pensamientos se cortaron de golpe. Oí abajo, en el refectorio, ruidos extraños, como golpes sordos, sillas que caían y cuchicheos agitados. Me senté en la cama y escuché. Siguió entonces un gran silencio. Pero, a continuación, se me puso la carne de gallina. Percibí leves crujidos en la escalera de madera que conducía a nuestro piso, como si varias personas subieran por ella sigilosamente. Me acordé de los sospechosos individuos que habían estado durante la cena en un rincón oscuro del refectorio. Y llamé en voz baja:

—¡Mi señor! ¡Fray Mateo! ¡Pero!

Mas no me dio tiempo a ninguna otra cosa. La puerta se abrió violentamente de súbito e irrumpieron seis o siete sombras en la habitación. Vi brillar el filo de los puñales a la luz de la lámpara de la galería y creí que todo estaba perdido. Uno de los que entraban gritó:

—¡Por los cátaros! ¡No falléis!

Se armó un infernal revuelo en la oscuridad. Cayeron las cortinas, yo grité, se oyeron golpes, ayes y jadeos. Tuve, de pronto, una determinación salvadora. Vi la puerta franca y me escabullí a la galería que daba sobre el refectorio.

De un salto me precipité en él. El posadero estaba maniatado y amordazado. Con un cuchillo le libré de sus ligaduras en un instante. Y el pobre hombre, temblándole todo el cuerpo, corrió hacia la puerta del establecimiento y empezó a dar grandes voces en francés.

—¡A mí la justicia! ¡Socorro! ¡A mí la justicia!

Era lo que yo quería. De cuatro zancadas volví al piso de arriba armado con un cuchillo. Sólo me dio tiempo a ver cómo el último de aquellos desalmados saltaba por la ventana ante los gritos del posadero. Me abalancé para mirar a la calle. Siete encapuchados montaban en sus caballos para partir al galope calle arriba. Uno de los malhechores dijo:

—¡Los tres están muertos! ¡Sólo se ha salvado el escudero!

Me giré despavorido hacia el interior del aposento. Pero Malo, fray Mateo y mi amo gemían por alguna parte en la oscuridad. Grité:

—¡Luz! ¡Posadero! ¡Luz!

El hombre aparecía poco después con los ojos desorbitados y una lámpara en la mano. Lo que vi me dejó estremecido.

Sobre su cama, don Rodrigo se debatía entre mucha sangre con una cuchillada en el pecho. Fray Mateo yacía en el suelo, muerto o desmayado. Sólo Pero Malo estaba consciente y se cogía con fuerza un brazo, del que brotaba abundante sangre.

—Me lo han atravesado, pero la cuchilla iba al corazón... —dijo con gesto de dolor.

El posadero fue en busca de un cirujano, que apareció enseguida. Mi amo era el más grave de todos. Sangraba mucho y había perdido el sentido. Fray Mateo tenía un corte profundo en un hombro y Pero Malo la herida del brazo.

El cirujano, tras hacerles a todos una primera cura, me miró muy serio para decirme en castellano, pues sabía nuestra lengua:

–El abate y el muchacho del pelo rojo no corren peligro... pero su amo, señor escudero, deberá reposar sin moverse durante un mes o más... Su herida es muy grave. ¡Ojalá que el Señor nos ayude para salvar su vida!

3
En Roma

La fuerte naturaleza de mi amo hizo que pronto se recuperase de sus heridas y, aunque tuvo que guardar cama, su ánimo se elevó enseguida. Empezó a comer con apetito y a bromear con nosotros. Una noche, estábamos todos rodeándole en la cama, platicando animadamente, cuando él, tras acabar su cena, dijo de pronto:

–No eran cátaros quienes nos atacaron...

Nos quedamos en suspenso, pero yo intervine al punto.

–Señor, yo oí las palabras de uno de ellos; las recuerdo muy bien. Dijo: «¡Por los cátaros! ¡No falléis!».

–Sí, pero me temo que esas palabras sólo eran una argucia para confundirnos.

–¿Y para qué iban a querer confundirnos, si pensaban dejarnos muertos? –intervino fray Mateo.

–Por si erraban el golpe, como ocurrió en efecto. Mirad... ¿Recordáis que yo sospeché, durante todo nuestro viaje por Castilla, que nos seguían seis o siete jinetes?

–En verdad que sí –afirmó el fraile.

–Y los hombres que había en el refectorio la noche del ataque también eran seis o siete y tenían aspecto de castellanos...

Todos callamos expectantes y mi amo continuó.

–Estoy seguro de que esos malandrines forman parte de la conjura contra el rey...

–¿De la conjura? –intervino Pero Malo–. ¿Y por qué quieren acabar con nosotros si su objetivo es don Alfonso?

–¡Ah! ¡Ya lo tengo! –exclamó fray Mateo–. Porque saben que sospechamos quién es su cabecilla...

–¡Por el cielo! ¿De quién sospechan vuestras mercedes? ¿No podré saberlo nunca? –interrogó Pero Malo.

El fraile le miró entonces con los ojos entornados, también miró a mi amo y éste asintió con la cabeza, como dándole permiso para que desvelase nuestro secreto.

–¡De don Nuño! –exclamó el fraile.

–¿De don Nuño? –dijo Pero con el asombro pintado en su rostro–. ¿Me queréis explicar por qué? ¡Voto a cien mil sabandijas!

–Es muy sencillo, hijo... Hace diez años, cuando salvamos a Su Majestad de ser envenenado, sólo un hombre en todo el alcázar sabía que yo marchaba a mi abadía para preparar un antídoto. Y esta persona era don Nuño. A primera vista, sólo él pudo enviar a tres esbirros para tenderme una emboscada en el camino...

Pero Malo, tras rehacerse de su asombro, dio muestras de su buen sentido.

–Pero pudo ocurrir que alguien os espiase y escuchara

vuestros propósitos... Como ocurrió el día en que nos mostrabais la ruta para llegar a Roma...

–Por eso no estamos completamente seguros... Tenemos que indagar más. Y tú no deberás decir una sola palabra sobre esto a nadie. ¿Entendido, barbián?

–¿Y qué motivos puede tener don Nuño para querer acabar con la vida del rey? ¡Voto a tal!

–Eso es un misterio, hijo... –acabó fray Mateo.

Cuando por fin pudimos proseguir el viaje, ya era agosto. Mi amo, al quedar herido, mandó un correo al rey para informarle sobre las causas de nuestra demora en Montpellier. Y Su Majestad nos envió más dinero para los gastos extraordinarios.

Entramos en Italia con mucho calor e hicimos el camino por una buena calzada que, según fray Mateo, habían construido los antiguos romanos. El camino hasta Roma lo hicimos sin contratiempos y, cuando llegamos a esta famosa ciudad y la contemplamos desde una elevación, comprobamos que estaba levantada sobre varias colinas. Había muchos pinos y cipreses por sus alrededores y se veían sobresalir las torres de innumerables iglesias y grandes edificios ruinosos del tiempo de los emperadores.

Nada más llegar, nos dirigimos a casa de un cardenal castellano que vivía en la ciudad, un señorón vestido de púrpura, grueso y rojo, con un gran sombrero redondo. Nos dio una mala noticia:

–Su Santidad está enfermo y no podrá recibir a vuestras mercedes en uno o dos meses...

Aquello me contrarió muchísimo, pues el viaje se prolongaba más y más y no se le veía el fin. Todos queríamos regresar a Castilla y especialmente yo. Suspiraba a todas horas por ver de nuevo a Inés y no tenía un instante de tranquilidad desde que supe que la iban a prometer en matrimonio a algún noble de la corte.

Pero tuvimos que conformarnos y pasamos no dos, sino tres meses en Roma, ociosos y aburridos. Pero Malo y yo nos íbamos a dar vueltas por la ciudad y casi llegamos a conocerla tan bien como Toledo. Visitamos las majestuosas ruinas romanas y nos quedamos maravillados, sobre todo con el circo. Fray Mateo nos dijo que allí luchaban los gladiadores en tiempos de los emperadores y que también allí habían sacrificado a muchos cristianos. Ahora estaba en el mayor de los abandonos; por sus sillares crecían las hierbas a su antojo y las lagartijas serpenteaban por las escalinatas.

Una tarde en que hacía mucho viento y amenazaba la tormenta, Pero y yo holgazaneábamos por la plaza San Pedro, cuando oímos músicas de panderetas y tamboriles. Había un corro de gente y nos acercamos a él. Era una familia de gitanos, que actuaba en medio de la plaza. Dos chicas bailaban, y un joven de mi edad, encaramado sobre una silla en difícil equilibrio, hacía malabarismos con seis pelotas. Dos viejos, hombre y mujer, tocaban los instrumentos.

Cuando terminaron su número, las dos chicas y el joven empezaron a pasar las panderetas por delante del público para que les echasen unas monedas. Desde el primer momento, yo había clavado mis ojos en el muchacho malabarista y, ahora que estaba frente a mí, me dio un vuelco el corazón.

Los dos, sin saber por qué, nos quedamos mirándonos fijamente. Ajeno a lo que hacía, metí la mano en mi bolsa y saqué de ella una bellota amarillenta, seca y pulida por el tiempo. La puse en la pandereta. El joven gitano la miró, me volvió a mirar a mí con ojos asombrados y de nuevo a la bellota. Después, los dos exclamamos al tiempo:

–¡Curro!

–¡Fernando!

Nos abrazamos con fuerza largo rato y enseguida empezamos a hablar sin parar.

–¡Es la última bellota del puñado que me diste junto al castillo de Alarcos! La he guardado todos estos años como recuerdo tuyo...

–¿Aún vives en tu casucha?

–No... Pero tú sí que sigues caminando por el mundo...

–Es mi sino... ¡Vayamos a la taberna de Guido para celebrar nuestro encuentro! Quiero saber qué ha sido de tu vida en todos estos años... ¿Quién lo iba a pensar? ¡Encontrarte en Roma!

Estuvimos en la taberna de Guido Santino toda la tarde, contándonos nuestras peripecias durante los últimos diez años. Curro había seguido su ruta de pueblo en pueblo y de nación en nación, con su familia, sus burros y su carro. Y se quedó maravillado cuando yo le conté que vivía, desde nuestro primer encuentro, en el propio alcázar del rey. Lo pasamos muy bien y, durante nuestra charla, cayó una gran tormenta sobre Roma. Ahora el viento rugía con furia. Pero Malo dijo:

–Vámonos ya, Fernando. Nuestros amos estarán inquietos sin saber dónde encontrarnos...

Salimos los tres de la taberna y tomamos por unas callejuelas oscuras donde el viento gemía como una legión de almas en pena. Y se ve que no podíamos estar mucho tiempo tranquilos. De improviso, al llegar a una encrucijada, de las cuatro negras esquinas surgieron hasta ocho hombres con una caperuza parda cubriéndoles el rostro y brillantes espadas en sus manos. Enseguida nos rodearon.

–¡El del centro es el escudero! –dijo uno de ellos.

–¡Que no escape ninguno! –añadió otro.

–¡Son los de la conjura! –exclamó Pero Malo.

Sin pensarlo dos veces, él y yo desenvainamos nuestras espadas y, antes de que ellos diesen un paso al frente, les atacamos con furia. Herimos en un instante a tres, mientras Curro, con la agilidad de una liebre y dando extraordinarios saltos de acróbata, propinaba mamporros a diestro y siniestro con manos y pies. Mi acero y el de Pero cortaban el aire a la velocidad del rayo. Cinco de los sicarios, heridos o golpeados, huyeron despavoridos por las siniestras callejuelas. Y cuando yo le asesté un mandoble a otro, se dieron a la fuga los tres que quedaban. Uno de éstos, que cojeaba debido a un golpe de Curro, se quedó retrasado.

–¡Atrapémosle! –grité yo–. ¡Ése va a contarnos todo el misterio de la conjura!

Corrimos tras él dispuestos a apresarle y, cuando estábamos a punto de ponerle las manos encima, ocurrió un suceso que siempre recordaré. El furioso viento que azotaba Roma arrancó de cuajo la cornisa de un viejo edificio y con ella se desprendieron varias tejas enormes que cayeron a la calle. Con tan mala fortuna, que una de ellas fue a estrellarse contra la cabeza del rufián que perseguíamos. Quedó en el suelo como muerto. Nos aproximamos a él y le quitamos la caperuza. No le conocíamos. Estaba muy malherido y nos dijo en castellano, con voz suplicante:

–Por el amor de Dios... Buscad a un confesor... Me muero...

Curro y Pero salieron corriendo a cumplir con el piadoso deber y yo me quedé solo con el herido.

–Por favor... –me dijo–. No me hagas daño...

–No te haré nada... Sólo quiero que me digas una cosa... ¿Perteneces a la conjura contra el rey de Castilla?

–Sí... Así es... Busca en mi pecho y encontrarás un escapulario...

Hurgué con mis manos entre sus ropas y di con un escapulario que llevaba bordado este dibujo:

La voz del herido era cada vez más débil.

–Todos los conjurados llevamos un escapulario igual... Con el mismo dibujo... Perdóname por haber querido hacer mal... Yo...

–Sí, te perdono... ¿Quién es vuestro jefe? –pregunté muy nervioso...

–¡Ah! –respondió el hombre, cuyas palabras se extinguían por momentos–. Nuestro señor... Lleva en su escapulario, además de un dibujo... Una C grande...

–Pero, ¿quién es? Dime su nombre...

–Es... Es... Don...

En aquel momento, la cabeza del desdichado truhán se dobló sobre mi brazo y sus ojos se quedaron fijos en el cielo tormentoso.

Cuando llegaron Curro y Pero Malo, con un cura flaco y de gran nariz, el conjurado ya había muerto, sin darle tiempo a pronunciar el nombre que buscábamos desde hacía diez años.

El Papa Inocencio III nos recibió al fin en su palacio de Letrán, cuando ya habían entrado los fríos. Era un hombre bajito, de unos cuarenta años y con la voz muy fuerte. Estaba de acuerdo en dar el rango de cruzada a la guerra de nuestro señor Alfonso VIII contra los moros, a fin de que interviniesen en ella los príncipes occidentales. Nos prometió, a tal efecto, que divulgaría unas cartas, llamadas breves, para comunicarlo a dichos príncipes.

De regreso a Castilla, la fatalidad se alió con nosotros. Al pasar de nuevo por el Languedoc francés, donde los cátaros eran cada vez más fuertes, fray Mateo se encontró con un joven canónigo castellano, llamado Domingo de Guzmán, que se dedicaba a predicar por todas las villas contra los herejes. Les convenció, tanto al fraile como a mi amo, de que se quedasen un tiempo con él para ayudarle en tan necesaria labor. Y, tras pedirle permiso a nuestro rey por medio de mensajeros, permanecieron en aquellas tierras durante un año y medio más. Pero Malo y yo, fastidiados, tuvimos que seguir a su lado.

De modo que, cuando por fin nos llamó Su Majestad para que regresáramos, yo ya había cumplido los veinte años y estaba desesperado. Pensaba en lo que podría haber sido de Inés y temía algo cuya sola idea me ponía enfermo. Y es que, al llegar a Toledo, me la encontrase casada con algún noble de la corte.

Mi despedida de Curro, en Roma, fue muy emocionante, y quedamos en vernos de fijo en cualquier parte del mundo cuando a Dios le pluguiese.

4
La decisión de Fernando

Nada más llegar al alcázar después de nuestro largo viaje, yo sólo tenía una obsesión que no me abandonaba ni de noche ni de día: ver de nuevo a Inés. Busqué los medios para hacerle llegar una nota, y como ella estaba ahora en el alcázar, al servicio de la reina, me resultó fácil entregársela a un pajecillo muy avispado.

La citaba para el día siguiente, a la hora de vísperas, en una vieja torre abandonada del alcázar, donde solíamos escondernos de niños.

Cuando llegó la hora, el corazón me latía desbocado y todo mi cuerpo temblaba como una hoja zarandeada por el viento. No estaba seguro de que ella acudiese a la cita. Subí los viejos escalones de la torre recordando otros tiempos y, cuando llegué a la estancia solitaria donde habíamos quedado, Inés ya estaba allí. El sol del crepúsculo encendía sus cabellos dorados y me pareció aún más bella que cuando nos despedimos dos años atrás.

–¡Inés!

–¡Fernando!

Dijimos a la vez, y luego, movidos por un mismo impulso, nos abrazamos durante unos largos instantes sin decir nada. Al separarnos, vi sus ojos llenos de lágrimas.

–¡Oh! ¿Qué te ocurre?

–Nada, nada...

Haciendo un esfuerzo por mostrarse animada, me preguntó sobre los avatares de mi viaje. Pero yo estaba impaciente por saber primero otras cosas. Con mi incorregible ímpetu, le pregunté directamente, pero con muchísimo miedo de lo que pudiera contestarme:

–¿Te... Te han prometido ya en matrimonio?

Ella estuvo mucho tiempo con los ojos bajos y apenas se escuchó su voz al contestar.

–Sí...

–¿Sí? –repetí yo fuera de mí–. ¿Con quién? ¿Con quién te han prometido?

Pareció entonces que se aflojaban todos sus miembros y que las fuerzas la abandonaban. Se tapó la cara con las manos y un amargo llanto la estremeció de arriba abajo.

–¿Con quién te han prometido? ¡Dímelo!

–Con don Nuño... –musitó apenas.

Sentí como si un rayo me atravesase de pies a cabeza. Se me nubló la vista y creí que los muros redondos de la torre giraban a mi alrededor. Sin saber por qué apreté el puño de mi espada. Sólo dije:

–¿Está conforme el rey?

—Es él quien lo ha decidido...

No aguardé más. Giré sobre mí mismo con todos los sentidos alterados y, presa de una furia incontenible, me lancé escaleras abajo dejando sola a Inés.

Corrí al gabinete de fray Mateo y abrí de un portazo.

—¡Fray Mateo! ¡Inés ha sido prometida a don Nuño!

—Lo sabía... Cálmate, hijo... Lo sabía.

—¡No puedo calmarme! Quiero que me procuréis de inmediato una entrevista con el rey.

El fraile me vio tan excitado, que se puso en pie y me cogió cariñosamente de los hombros.

—Hijo mío, te conozco y te quiero desde que eras un niño y sé lo impulsivo que eres... Ahora debes tener más calma que nunca... Acabo de dejar a Su Majestad y ha dicho que nadie le moleste... Está escribiendo unas cartas...

Mi obcecación era completa.

—¡Don Nuño es un traidor y no puede casarse con Inés!

—¡Oh! ¡No digas eso en voz alta! No lo sabemos... No lo sabemos con seguridad...

—¡Yo sí lo sé! ¡Vamos! ¿Me procuráis esa entrevista?

—Pero, no es posible... Siéntate, ven, hablemos...

—¡Yo la conseguiré!

Y diciendo esto, me dirigí hacia la puerta con paso enérgico.

—¡Fernando! ¡Espera! ¿Qué vas a hacer?

Oí al fraile, pero yo ya me dirigía directo hacia la cámara del rey, con la mano ceñida a la empuñadura de mi espada.

Un guardia enorme se interpuso en mi camino a la entrada del corredor donde estaba el despacho del rey. Me colocó el mango de su lanza sobre el pecho.

–¡Alto! ¿Qué buscas por aquí? No se puede pasar.

Mi enojo era tanto que, sin contestar, de un empellón lo lancé por el suelo a varios pies de distancia. Otros cinco soldados más, de la guardia personal del rey, se lanzaron inmediatamente sobre mí. Me defendí como un jabalí herido, pero todos eran guerreros escogidos, de gran vigor, que me redujeron al fin, no sin grandes esfuerzos. Entre cuatro me arrastraron hasta el final del pasillo y luego me arrojaron escaleras abajo.

–¡Cuidado con volver por aquí!

–¡Y dale gracias a que tienes por amo a don Rodrigo de Coca!

Quedé magullado al fondo de la escalera, mas mi cerebro ofuscado no podía pensar cosa alguna que no fuese en la manera de llegar hasta el rey. De pronto, vino a mi mente una idea que me dispuse a poner en práctica sin perder un instante.

Corrí por los pasillos y escaleras hasta llegar al patio de armas. Anochecía ya. Lo crucé de unas pocas zancadas, pasé por las caballerizas y me fui a los corrales traseros del alcázar, donde se guardaban las mulas y los asnos. En un rincón había un gran porche cubierto de tejas y me dirigí hacia él. Allí se guardaban grandes rollos de sogas y maromas, así como toda clase de herramientas empleadas por los herreros y artesanos de la fortaleza. Busqué entre aquellos pertrechos hasta encontrar lo que deseaba: unos garfios de cuatro puntas, que se usaban para sacar los cubos de los pozos cuando éstos se desprendían de sus cuerdas.

Después tomé una soga de unas veinte varas y la até a los garfios.

Con todo ello, me deslicé junto a los muros exteriores del alcázar hasta llegar a la fachada que mira al sur. Allí, muy arriba, se veía una estrecha ventana. Yo sabía que daba a una pequeña galería que comunicaba con la cámara donde el rey se retiraba a trabajar solo. Por aquellos parajes reinaban las sombras y no había ningún vigilante, pues nadie pensaba que se pudiera trepar a tan gran altura por un muro liso.

Lancé el garfio hacia arriba con todas mis fuerzas y, al tercer intento, sus puntas curvas se quedaron agarradas al alféizar de la ventana. Después, con las energías que me daba mi enojo, comencé a trepar por la soga apoyando mis pies en el alto muro.

Cuando apenas estaba a unos diez pies de mi objetivo, sudaba por todos los poros y creí que las fuerzas me abandonaban. Sólo pensando en Inés pude hacer un último esfuerzo y pasé mi pierna por la ventana. Luego salté a la galería con todo sigilo. Ante mí había una cortina verde y, a través de ella, se filtraba apenas la luz de una lámpara. Detrás estaba el rey.

Permanecí inmóvil mucho tiempo, sin decidirme a dar un paso que podía ser funesto para mí. Cerré los ojos, descorrí la cortina de pronto y aparecí ante Su Majestad. Inmediatamente hinqué la rodilla en tierra. El rey, sobresaltado, se puso en pie e hizo ademán de echar mano a su daga. Pero no la llevaba. Al reconocerme, exclamó:

—¡Fernando! ¡Voto a Judas! ¿Cómo te atreves? ¿Qué significa esto?

—Señor, os ruego por Cristo crucificado que no llaméis a la guardia... Castigadme después todo cuanto deseéis, pero oídme primero.

—¡No puedo escuchar a quien irrumpe en mis aposentos como un ladrón!

—Por el afecto que sentís por mi amo y por fray Mateo, os imploro que me oigáis.

El rey me miró unos instantes con el ceño fruncido y dijo al fin:

—Habla deprisa... Estoy muy ocupado. ¡Pero tendrás tu escarmiento!

—Señor, doña Inés de Talavera no puede casarse con don Nuño de Treviño...

—¿Eh? ¡Bravo! ¿Qué dices?

—Señor... —balbucí sin saber cómo expresar lo que quería—. Ese... caballero... es de mucha más edad que ella... y... y... además... yo la amo y ella me ama también a mí...

El rey se quedó mirándome durante unos instantes como si hubiese oído algo inaudito. Y, de pronto, soltó una escandalosa carcajada que me humilló.

—¡Ja, ja, ja! ¿Conque era eso, escudero? De modo que dices que tú la amas y que ella te ama... ¡Nunca oí una locura mayor! ¡Ay, Fernando, Fernando! Anda, levántate... Muchacho, te has criado en el alcázar y aún no conoces la ordenación de los reinos del orbe... Una muchacha como Inés, de noble cuna, sólo puede casarse con otro noble...

111

–Señor, yo tengo mis méritos.

–¿Ah, sí? ¿Qué méritos?

–Vuestra Majestad los conoce, y también mi amo don Rodrigo.

–¡Oh! ¡Oh! Sí, eres valiente, listo, decidido... Pero, ¿tendré que decírtelo con toda la crudeza? Tú eres el hijo de un pobre siervo de la gleba, y aquí, en el alcázar, tu rango es el de criado... No hay posibilidad alguna, ninguna, de que puedas ni soñar en casarte con una dama como doña Inés... Lo impiden las costumbres y las leyes... ¡Anda! Ponte a buscar esposa entre muchachas que sean tus iguales... Por cierto, hay criadas y siervas en el alcázar muy lozanas, piadosas y rectas... Elige alguna de ellas... Y, ahora, déjame ya.

–Señor, ¿es vuestra última palabra?

–¡Pues claro! Me estás importunando... Lo que me dices sólo son ilusiones vanas de un escuderillo loco... ¡Adiós! Y dale gracias al cielo de que no te castigue...

El alma se me partía en pedazos y yo, desgraciado de mi, quise intentar mi última oportunidad.

–Perdonadme si insisto, Majestad, pero conozco otro motivo por el que don Nuño de Treviño no puede casarse con doña Inés.

El rey me miró impaciente y con el enfado a flor de piel.

–A ver...

–Mi señor, don Nuño es un traidor... Es el jefe de la conjura que hace tantos años que pone en peligro vuestra vida...

El rey enrojeció de pronto, luego empalideció; después, con el rostro descompuesto por la ira, dio un terrible puñetazo sobre su mesa y gritó:

–¡Guardias! ¡Guardias! ¡Esas palabras las pagarás caras, deslenguado! ¡Muy caras! Acusar de traidor al caballero que acabo de nombrar alférez de todos mis ejércitos es un ultraje a mí mismo... ¡A mí mismo! ¡Guardias!

Vi irrumpir por la puerta a una caterva de aquellos soldados ciclópeos que guardaban al rey. Se precipitaron sobre mí y me inmovilizaron de la forma más enérgica.

–Entregadle al alcaide de la fortaleza y que le encierre hasta que yo diga otra cosa...

Las fuerzas me abandonaron y no opuse ninguna resistencia.

Permanecí tres meses metido en una mazmorra húmeda y oscura, a pan y agua. Y sólo pude verme libre gracias a los esfuerzos de don Rodrigo y fray Mateo, que convencieron al rey de que cuanto había dicho y hecho era fruto de mi impetuosa juventud y de mi loco enamoramiento.

Apenas me vi fuera de mi prisión, intenté hablar con Inés. Pero las órdenes personales del rey para impedirlo eran tan estrictas, que fue imposible un nuevo encuentro. A ella no la dejaban salir de ciertos aposentos y a mí me vigilaba continuamente un sayón con la nariz partida.

Durante meses deambulé por los corredores del alcázar como un sonámbulo, perdí el apetito y adelgacé tanto, que fray Mateo, mi amo y Pero Malo llegaron a alarmarse. Mi cara tomó la palidez de la cera.

Bajaba las riberas del Tajo y me quedaba horas y horas mirando absorto el crepúsculo.

Hasta que una mañana muy temprano, me fui en busca de mi maestro.

–Fray Mateo, he decidido abandonar el mundo y las armas...

–¿Qué dices, hijo? ¿Qué nueva locura es ésa?

–No puedo vivir así por más tiempo, sin poder ver a Inés teniéndola tan cerca... Quiero hacer algo para olvidarme de ella... Además, ya no tengo ninguna ilusión en la vida...

–Pero, muchacho...

–He decidido retirarme a un convento.

–Hijo, ¿qué dices? Tu camino está en las armas... El rey ya te ha perdonado y lo que sientes ahora se te pasará con el tiempo...

–No, fray Mateo... Nadie me apartará de mi propósito...

Me miró con la cara más dulce durante unos momentos, escrutando mis ojos...

–De modo que quieres ser fraile... ¿Estás seguro de lo que dices?

–Completamente.

–En ese caso...

–Mi deseo sería ingresar en vuestra abadía... ¿Es posible?

–Desde luego, y se te recibirá con todos los honores.

TERCERA PARTE *La gran victoria*

1
El regreso

La abadía donde permanecí durante tres años estaba situada en un paraje apartado, como era costumbre entre los monjes cistercienses, cuya ocupación principal era la agricultura. Poseían una finca enorme que cultivaban con primor. Con ellos aprendí un arte excelente para hacer prosperar las viñas, los cereales y las hortalizas. También teníamos ovejas, cabras y puercos. Fabricábamos el mejor queso de la región y un vino blanco elogiado en todo el reino. De modo que no necesitábamos de nadie para subsistir y todo cuanto nos sobraba, que era mucho, lo vendíamos a los nobles y en las villas más próximas. Menos una parte, que repartíamos entre los pobres.

Durante el primer año de estancia entre los frailes estuve trabajando en el campo. Pero cuando el abad, fray Benito, advirtió mi interés por las letras y las ciencias, así como mi buena caligrafía –adquirida a través de muchos años de porfía con fray Mateo– me pasó al *scriptorium* como copista de libros.

Nos ocupábamos de esta tarea ocho escritores en total, sobre magníficos pupitres y en una torre con buena luz a todas horas. Era un trabajo que me gustaba mucho, y no sólo por la propia faena de escribir con hermosa caligrafía. Había que hacer, también, otras variadas tareas de mucho entretenimiento; como cortar las plumas de escribir y dibujar, eligiéndolas entre las mejores de un ganso o de un cisne, fabricar la tinta con nuez de agallas y caparrosa, o preparar los lápices de plomo y de plata. Hacíamos los pincelillos con pelos de marta y comadreja, y nos construíamos nuestras reglas, escuadras y compases. Todo se elaboraba en la abadía, hasta el pergamino y el papel. Los últimos en actuar eran los encuadernadores, que le daban un remate suntuoso a los libros. Los volúmenes que componíamos estaban destinados a los señores y damas de la nobleza castellana, así como a los reyes y sus hijos, los infantes.

Y, sin embargo, durante aquellos tres años, ni un solo día dejé de acordarme del alcázar: mi vida de escudero al lado de don Rodrigo, nuestros fogosos ejercicios en el patio de armas y las campañas en que acompañé a mi amo...

La mañana del 8 de enero de 1212, muy temprano, estaba yo trabajando frente a mi pupitre y me embargaba la melancolía. Alcé la vista del pergamino y miré a través de la ventana. La planicie castellana se extendía desnuda hasta muy lejos. Entonces distinguí, como a un cuarto de legua, que alguien se aproximaba sobre una mula por el camino que conducía al monasterio. Me dio un vuelco el corazón porque, a pesar de la distancia, enseguida supe que el jinete no era otro que fray Mateo.

Venía muy de tarde en tarde a la abadía y yo siempre aguardaba con ansiedad sus noticias sobre la corte, la guerra, Toledo e Inés...

Cuando llegó al edificio principal y entró en él, aún tuve que esperar mucho tiempo para poder verle, pues, como siempre hacía, se encerró con el abad para tratar de asuntos más graves que mi persona.

Por fin, a mediodía, apareció en el *scriptorium.* Saludó cariñosamente a todos los frailes que trabajaban allí y luego se vino hacia mí.

—¡Fernando! ¡Magnífico libro y hermosísima caligrafía!

—Es *El Libro de los Meteoros,* de Aristóteles...

—Supongo que ya no echarás ningún borrón... ¿Te acuerdas de cuando me manchaste el hábito?

—No se me olvidará nunca, fray Mateo... Pero... ¿Qué nuevas traéis de Toledo?

—Anda, vamos al claustro... Tienes permiso del abad. Quiero hablar contigo.

Bajamos al claustro y estuvimos paseando por donde daba el sol, pues el tiempo era frío.

—Don Rodrigo te aguarda impaciente —me dijo de sopetón—. Casi me ha ordenado que te lleve conmigo al alcázar...

—¿Irme al alcázar? —respondí asombrado.

—Así es, mozo... Para empezar, te voy a decir dos cosas por las que deberías obedecer... la primera es que de nuevo ha desembarcado en Tarifa un temible ejército musulmán, con cientos de miles de hombres, al mando del rey Mohamed an-Nasir... Y, como es de esperar, vienen dispuestos a arrasar otra vez los reinos cristianos... ¿Recuerdas Alarcos?

—No se me podrá olvidar...

—Pues bien, Su Majestad no quiere otro desastre como aquél, ni los caballeros más notables, ni los obispos, ni el Papa... En la lucha deberán combatir los mejores... Y tú eres uno de ellos... Don Rodrigo exige que estés a su lado en la batalla...

—Pero, fray Mateo, yo estoy apartado de las armas... Quiero ser fraile...

Me miró con sus vivos ojillos entornados.

—Esa es la segunda cosa que quería decirte... Tú no quieres ser fraile... Te viniste aquí para olvidarte de quien yo me sé... Pero llevas ya tres años de novicio y no te decides a profesar... he estado hablando con el abad. Y él también sabe que lo tuyo no es esto, sino las armas... Además...

—¿Qué?

—Sigues pensando en... Bueno, en ella.

Bajé los ojos y estuve callado unos momentos.

—¿Se... Se ha casado ya?

—Pues no... Un cúmulo de circunstancias adversas ha impedido que se celebre la boda... Primero, ya sabes, fue su larga enfermedad provocada por la melancolía... De la que tú tuviste la culpa... Después, el viaje de don Nuño a Roma... Pero ahora todo parece decidido: los esponsales tendrán lugar después de la batalla con los ejércitos de Mi-ramamolín...

—¿Miramamolín?

—Bueno, es el rey de los árabes que han desembarcado

en Tarifa. En realidad, su nombre es Mohamed an-Nasir, como te he dicho, pero entre los cristianos se le conoce como Miramamolín. En cuanto a Inés, ¿es que no puedes olvidarte de ella?

Hubo un largo silencio durante el cual sólo se oían nuestros pasos por las losas del claustro y el canto de los gorriones. Al fin, dijo fray Mateo:

—Voy a estar tres días aquí... En este tiempo tienes que decidir si te quedas en la abadía para profesar de una vez o si te vienes conmigo...

Aquellas dos jornadas estuve como ausente en el *scriptorium*, a la hora de las comidas y durante nuestras oraciones en común. Di largos paseos por los claustros, erré por los edificios de la abadía y me quedaba absorto mirando el cielo enrojecido a la hora del atardecer.

En mi mente se dibujaban a todas horas imaginarias escenas de la inminente batalla contra los árabes y el rostro de Inés.

Cometí varios errores en la escritura del libro de Aristóteles y, por primera vez en muchos años, me cayó un borrón sobre el pergamino. En ese mismo instante se iluminó mi mente y me puse en pie de un brinco con la pluma en la mano. De ella se desprendieron varias gotas más que fueron a caer sobre un hábito blanco situado junto a mí. Era el de fray Mateo, que se había aproximado sin darme cuenta.

—¡Oh! ¡Fray Mateo! Os... Os... he manchado...

—Ya lo veo, hijo... Y van dos veces...

Me estaba mirando con el ceño fruncido y, lo mismo que cuando era un niño, estuve a punto de echar a correr.

El fraile entonces me cogió cariñosamente por los hombros y me miró con sus ojos penetrantes:

–No te preocupes del hábito... Los viejos sabemos muchas cosas... Y yo sé que en este momento te habías levantado de un salto porque acabas de tomar una decisión...

–¿Cómo...? ¿Cómo lo sabéis? Sí... Así es... La he tomado... ¡Me voy con vos al alcázar!

–¡Bravo, muchacho! ¡Has acertado con lo que más te conviene! –me dijo, a la vez que me apretaba contra su cuerpo en un emocionado abrazo.

Salimos al corredor, y yo, conforme caminaba, noté que por todo mi cuerpo subía el mismo ímpetu, las mismas energías y la misma decisión que tenía antes de entrar en el monasterio.

–Fray Mateo, no sólo regreso al alcázar para combatir al lado de mi amo contra los moros... Tengo otro objetivo.

–¿Y es?

–¡Desenmascarar de una vez a don Nuño!

El fraile se llevó el dedo índice a los labios, como queriéndome decir que no pronunciase aquel nombre.

–¡Cuidado, hijo! Cuidado... Por hablar de ese caballero estuviste tres meses a pan y agua en una mazmorra... Ahora sería aún peor. No olvides que don Nuño, hoy por hoy, es el brazo derecho del rey en asuntos militares....

Le miré asombrado y me mordí los labios para no decir nada más.

A la mañana siguiente partiríamos para Toledo y aquella tarde la pasé despidiéndome de todos los frailes y sirvientes de la abadía. Estuve en las cocinas, en las bodegas, en las casas de los criados, en el lagar de las cuadras. Visité a los frailes ya viejos, que vivían en otro edificio, y departí por última vez con los novicios, mis compañeros del *scriptorium* y el abad.

En mi cuarto hice un hato con las pocas pertenencias personales que tenía. Tan sólo dos mudas y unos zapatos nuevos, que guardaba en un arcón. Cuando saqué estas cosas, me acerqué despacio al arca para mirar el objeto que aún quedaba en el fondo. Era la vieja espada de mi padre. Algo enmohecida por el paso de tres años sin tocarla, parecía llamarme en silencio. Sólo con verla, sentí que una dulce emoción me subía por el pecho. Luego, agarré su empuñadura con la mano derecha y la saqué del arcón. La apreté con fuerza. Me pareció entonces que una ola de valor traspasaba todo mi cuerpo y que con ella entre mis manos era capaz de realizar las más heroicas hazañas. Hasta bien entrada la madrugada, permanecí limpiándola pacientemente, en el silencio de la abadía.

Al amanecer fray Mateo y yo partimos en dos buenas mulas. Llevábamos otras dos cargas con presentes y libros para los reyes. Cuando me volví para mirar por última vez los edificios de la abadía, vi que por algunas ventanas se asomaban las cabecitas de tímidos frailes y novicios que observaban cómo me alejaba. Les hice un gesto de adiós con la mano y noté que se me saltaban las lágrimas.

2
En marcha

Mis zancadas resonaban en las bóvedas a cada paso. Nada más pisar el patio del alcázar, abandoné a fray Mateo y eché a correr hacia el edificio principal movido por un impulso irrefrenable. Buscaba encontrarme de nuevo con los rincones queridos de mi niñez y mi adolescencia. Avancé ansioso por los pasillos, galerías y escaleras, como si quisiera abandonar toda la fortaleza de una vez. Mientras corría, iba recordando lugares y sucesos de otros tiempos: «Aquí me caí una vez siendo pequeño y me hice un chichón». «En esa puerta vi a Inés la mañana en que le manché el hábito a fray Mateo y bajamos a los subterráneos...». «Sentados en este poyete, una tarde, Pero Malo y yo estuvimos soñando con nuestras hazañas futuras...».

De pronto, mientras corría, se me estremeció el corazón. Al fondo del corredor oí unos roncos ladridos, que reconocí al instante. Y enseguida apareció tras el recodo un enorme perro que se aproximaba con toda la alegría y el impulso que le permitía su avanzada edad.

–¡Lucero! –exclamé.

El perro se vino hacia mí moviendo la cola y corriendo torpemente, con sus ojos oscuros de bueno que parecían saludarme. Me arrodillé junto a él para abrazarme a su cabezota.

–¡Ah! ¡Viejo Lucero! ¿Cómo estás? ¡Otra vez juntos! ¿Y tu amo?

Enseguida oí otra voz conocida que gritaba:

–¡Lucero! ¿Dónde vas? ¡Ven aquí! ¿Qué ocurre?

Y apareció por el mismo recodo su amo y el mío, con los cabellos pelirrojos alborotados, que ya empezaban a tener canas.

–¡Fernando!

–¡Señor!

Nos abrazamos en medio del pasillo y permanecimos un buen rato dándonos palmadas en la espalda.

–¡Por fin vuelves! ¡Cómo te he echado de menos!

Me pasó a la cámara donde le vi por primera vez, con Lucero siempre a nuestro lado. Como era su costumbre, mi amo tenía varias prendas desperdigadas en desorden por la cama y por el suelo. Fue a servirse una copa de una jarra con vino aguado caliente. Me adelanté para hacerlo yo.

–Siéntate... Bueno, desde este momento eres otra vez mi escudero.

–Señor, ¿no habéis tenido ninguno durante los años de mi estancia en la abadía?

–Sí, uno; pero hace algunas semanas que fue armado caballero... Además, no valía un pimiento... ¡Te esperaba impaciente!

Yo bajé la cabeza y le dije:

–Señor, ¿yo no llegaré nunca a ser caballero?

Don Rodrigo me miró a los ojos y su expresión se hizo grave.

–¡Quién sabe! Pero ya conoces cómo son las cosas...

–Sí... Sólo llegan a caballeros los hijos de los nobles...

–Hablemos de otras cosas –cortó–. Mira, están a punto de llegar a Toledo los ejércitos que participarán junto a nosotros en el encuentro con las huestes de Miramamolín... Caballeros franceses, italianos y portugueses con sus mesnadas... También vendrán los reyes de Navarra y Aragón al frente de sus ejércitos...

–¿Y dónde será la batalla?

–Esta vez, según tengo entendido, Su Majestad no esperará aquí a los árabes, como hizo en Alarcos, sino que saldrá a su encuentro... Iremos a buscarles hasta sus propias tierras.

Estuvimos hablando durante mucho tiempo y con gran vehemencia sobre la batalla: de cómo mi amo pensaba que sería necesario plantearla, de las tropas, las armas y muchos otros detalles. Al fin, yo cambié de tema y le dije:

–Señor, ya sé que no puedo hablar con doña Inés... Pero, ¿podría verla? Aunque sólo fuese desde lejos...

–¡Ah! ¡No se te quita eso de la cabeza!

–¡Es que no puedo! ¿Y ella? ¿Cómo está?

–Después de la grave enfermedad que sufrió cuando

te marchaste a la abadía, parece que no se ha repuesto del todo...

–¡Claro que no! ¿Cómo se va a reponer si detesta al hombre con quien la obligan a casarse?

–En cuanto a verla... pues, sí, tendrás que conformarte con hacerlo de lejos... En alguna ceremonia, en misa... Pero olvídala, porque no es para ti.

Y, efectivamente, la vi desde lejos un par de veces, pero preferiría no haberlo hecho. Una mañana, entró para oír misa en la capilla del alcázar, con la reina y otras damas. Yo vigilaba escondido tras una columna. Me quedé sobrecogido. Estaba muy delgada y palidísima, con la expresión más triste del mundo. Y, aun así, tan hermosa como siempre, o más si cabe. Al terminar la misa, varios caballeros entraron a saludar a las damas y, entre ellos, apareció don Nuño. Le ofreció el brazo a Inés con una sonrisa odiosa. Y ella, sin abandonar su seriedad ni por cortesía, apoyó la mano en él y desaparecieron de mi vista. Me quedé tras mi columna llorando de rabia, Dios sabe cuánto tiempo. Y una sola idea golpeaba mi mente sin descanso: la forma de desenmascarar a aquel traidor. Pero sin hallar la solución por parte alguna.

A partir de febrero comenzaron a llegar a Toledo los ejércitos extranjeros, y no dejaron de venir huestes hasta la primavera. La ciudad se llenó de soldados, mercaderes ambulantes, trovadores y toda clase de gentes nómadas que acuden allí donde hay tropas. El rey dispuso que se estableciesen campamentos en las vegas del Tajo y, desde el alcázar, se veían los alrededores de la ciudad cubiertos por miles de tiendas donde hormigueaban los guerreros. Por la noche encendían hogueras y el campo parecía lleno de luciérnagas. A esas horas, llegaban desde allí ecos de risas, voces y canciones.

Por el día, Toledo era un hervidero humano donde se escuchaba una rara mezcolanza de lenguas. A todas horas los martillos caían sobre los yunques en las herrerías, forjando las armas, y los caballos esperaban fuera su turno para ser herrados.

Su Majestad ordenó que se pagasen veinte sueldos diarios a los hombres con caballo y cinco a los peones. Y cuando llegó don Pedro II de Aragón con todos sus caballeros y huestes, nuestro señor mandó celebrar una gran parada militar frente al alcázar.

Después del magnífico desfile, que me dejó maravillado, todos los caballeros, con parte de sus mesnadas, formaron frente a la gran tarima construida para que, desde ella, presidiesen la fiesta los reyes de Castilla y Aragón. Junto a los monarcas estaban los caballeros, clérigos y damas más importantes de la corte. Desde el primer momento, y con un sobresalto, distinguí a Inés entre las señoras. Resplandecía junto a las demás como si tuviese luz propia y estuve ya pendiente de ella todo el tiempo.

Durante unos momentos, se hizo un gran silencio, sin que ocurriese nada.

–¿Y ahora qué va a pasar? –me preguntó Pero Malo, que se hallaba junto a mí.

–El alférez de todos los ejércitos pasará revista a las tropas.

Y, en efecto, instantes después, desde un extremo de la fila de guerreros, surgió un jinete cuya presencia resultaba impresionante. Iba montado en un nervioso caballo, negro como el azabache; llevaba una armadura negra que relucía al sol, un casco también negro, con plumas del mismo color, y una lanza en cuyo extremo ondeaba al viento un pañuelo de seda morado oscuro.

–¡Tu rival! –me dijo en broma Pero Malo.

–¡Maldito! –exclamé yo entre dientes.

Don Nuño avanzó lentamente frente a la larga fila de caballeros y soldados y, a su paso, todas las banderas y gallardetes se inclinaban en señal de respeto. Llegó hasta el extremo opuesto, y después, sin alterar el paso del caballo, se dirigió al estrado de los reyes. Abatió su lanza hasta tocar el suelo como muestra de acatamiento y, acto seguido, dirigiéndose a nuestro monarca, oí que decía:

–Con vuestra licencia, Majestad.

El rey también le saludó y, enseguida, don Nuño condujo su caballo hasta situarlo frente al lugar donde se encontraba Inés. Entonces adelantó su lanza, de modo que la punta quedó al alcance de la muchacha. Noté que una oleada de despecho me subía hasta la cabeza.

–Tomad mis colores, señora mía –dijo el alférez–, como promesa de que lucharé hasta la muerte para alcanzar la victoria frente a los árabes.

Inés, pálida y adusta, tomó deprisa el pañuelo morado sujeto a la punta de la lanza y lo guardó entre sus manos.

Se escuchó un vasto rumor de cuchicheos entre el pueblo que asistía a la ceremonia, mientras don Nuño, picando ahora a su caballo, se alejaba al trote hacia el extremo de la explanada por donde había aparecido.

Yo, dándome la vuelta bruscamente, me alejé de allí con la rabia arañándome el pecho. Anduve toda la semana como un sonámbulo, dándole vueltas a la única idea que me atormentaba noche y día, como ya conoce el lector de esta crónica: encontrar el artificio que desvelara la traición del alférez. Pero no daba con él.

Entre etapas de melancolía y otras en que lograba olvidarme de mis penas, llegó el mes de junio y las tropas se dispusieron para la partida en busca de Miramamolín y sus huestes.

Después de recoger las tiendas y cargar a miles de mulas con provisiones y pertrechos de toda clase, tres colosales ejércitos se pusieron en orden de marcha. El de Castilla iría al mando de don Alfonso VIII; el de Aragón, tras su rey, y el de los extranjeros, a quienes llamábamos ultramontanos, iría capitaneado por el caballero castellano don Diego López de Haro. Las huestes de don Sancho VII de Navarra aún no habían llegado a Toledo, pero envió mensajeros para anunciar que se uniría a nosotros en el camino.

Por fin, el día 26 de junio, las vanguardias formaron a las afueras de Toledo, al otro lado del Tajo, y estuvimos aguardando varias horas bajo el sol a que apareciese nuestro rey. Cuando lo hizo, rodeado de caballeros, cardenales, obispos y abades, se colocó delante de todos, levantó una mano y dijo a grandes voces:

–¡Por Dios, por Castilla y por todos los reinos de la cristiandad...! ¡Adelante!

Se oyeron entonces vibrantes toques de trompeta, que iban pasando de unos cuerpos de ejército a otros la señal de «adelante». Y como un pesado monstruo compuesto por cientos de miles de hombres y caballerías, los ejércitos iniciaron la marcha lentamente, como si les costase trabajo dar el primer paso.

Yo iba al lado de mi amo, en otro caballo, llevándole varias espadas, sus escudos y tres lanzas.

–¡Que Dios nos proteja, Fernando! –me dijo.

–Amén, señor –respondí yo.

3
Desenmascarado

Aun habiendo pasado tantos años, recuerdo como si los estuviera viendo todos los sucesos que acaecieron durante las jornadas de marcha, bajo un sol que abrasaba las estepas manchegas.

Pronto penetramos en territorios árabes y, en nuestro avance, tomamos las villas de Malagón y Calatrava. Malagón fue rendido por los ejércitos extranjeros y esa victoria sólo les produjo un gran enfado, pues apenas encontraron allí botín. Para colmo, cuando tomamos Calatrava, nuestro rey mandó entregársela a los frailes que antes la ocupaban, dejando a los ultramontanos sin recompensa alguna. Esto, unido al calor, a la sequía del verano castellano y a la escasez de víveres que empezábamos a sufrir, hizo que todos los extranjeros abandonasen la empresa y se volviesen a sus tierras. De modo que sólo proseguimos en el empeño los ejércitos españoles. Ahora también con los de Navarra que, siguiendo a su rey, don Sancho el Fuerte, por fin se unieron a nosotros en Alarcos.

Juntos continuamos el avance hacia el sur. Al llegar a los montes que llaman de Sierra Morena, pretendimos atravesarlos por el paso del Muladar, pero lo encontramos muy bien guardado por arqueros árabes. No sabíamos qué hacer cuando, una noche, los soldados trajeron hasta el campamento a un rudo pastor, que nos dio noticia de otro paso libre y oculto. Por él, con grandes esfuerzos, atravesamos las montañas, hasta situarnos en una llanura, donde levantamos las tiendas.

Era el día 14 de julio y, al amanecer, vimos admirados que frente a nosotros estaba dispuesto en formación de batalla el ejército de Miramamolín. Sobre una loma, el rey había mandado construir una especie de tienda con el techo de madera. Y allí estaba él, oscuro, con una gran capa negra, el Corán en una mano y en la otra un alfanje. Después supimos maravillados que esta tienda real estaba rodeada por varios círculos de fornidos esclavos negros, encadenados unos a otros para que no pudiesen huir, como unas barreras humanas que protegían al rey. Y según se dijo, sin que yo pueda asegurar que sea cierto, el número de negros sobrepasaba los diez mil. Delante de Miramamolín formaba el cuerpo central de su ejército y, a ambos lados, las alas derecha e izquierda.

Yo, junto a mi amo, me sentía rendido.

–Señor, ¿entraremos hoy en batalla?

–No lo sé... Esperamos órdenes del alférez.

Aguardamos todo el día sin combatir y sin hacer caso

de las provocaciones aisladas de los árabes que, en pequeños grupos a caballo, se aproximaban al campamento para
lanzarnos sus azagayas.

Al anochecer, el alférez convocó en su tienda a todos
los caballeros al mando de las tropas. Mi amo, como un
privilegio, me llevó con él. Don Nuño, vistiendo su traje
morado de siempre, explicó la táctica que había determinado ajustar a la batalla.

–Mañana tampoco entraremos en combate –dijo– . Los
hombres y las caballerías están agotados y es necesario
que descansen... En principio, el cuerpo central de nuestros ejércitos atacará en línea recta al cuerpo central de las
huestes árabes...

Siguió hablando, pero yo, tirándole de la manga a mi
amo, le dije al oído:

–Señor, de esa forma atacamos en Alarcos y perdimos
la batalla... Decidle que es un error...

Pero mi amo me miró con severidad, como si fuese mucho mi atrevimiento ordenándole lo que tenía que hacer.

Al salir de la reunión, don Rodrigo mostraba un sem-
blante preocupado.

–Fernando, es inútil lo que yo diga sobre cómo organizar una batalla... El rey sólo tiene oídos para don Nuño...

–Mirad –dije yo–, el cuerpo central de los musulmanes
pelea huyendo... Si atacamos por el centro, ellos se retiran
al galope de sus caballos y, mientras lo hacen, nos arrojan
sus pequeñas lanzas... Creemos entonces que vamos ganando y continuamos persiguiéndoles... Pero, de pronto,
empiezan a moverse sus alas derecha e izquierda... Y, en

un momento, envuelven a nuestro ejército central, deján-dolo aislado de sus propias alas...

–Lo sé, lo sé... Pero, desgraciadamente, yo no puedo ha-cer nada...

Dormí muy inquieto y el día siguiente lo pasamos en-tre grandes trajines y movimiento, preparando las armas y las caballerías, llevando órdenes y recados de unos lados a otros y encomendándonos a Dios para la próxima jornada. El alférez dio órdenes para que los jefes del cuerpo central de nuestras huestes iniciasen el ataque al amanecer.

Cuando nos metimos en nuestra tienda para dormir y apagué las lámparas de aceite, pronto oí como don Rodrigo roncaba como un bendito. Yo no podía conciliar el sueño: pensaba en la batalla, en Inés y en don Nuño. De pronto, contemplé una escena que me estremeció. Mi amada Inés y don Nuño se estaban casando frente a un altar que pare-cía un ascua. Yo, de improviso, saltaba desde un banco de la iglesia con mi espada en la mano y, acercándome a los no-vios, los separaba bruscamente. Mis dedos, al apartar a don Nuño de un empujón, rasgaban su vestidura a la altura del pecho. Y, bajo ellas, aparecía un escapulario... ¡Un escapu-lario! Me senté de un brinco en el colchón. Debía haberme quedado dormido unos instantes y había tenido un sueño.

–¡Un escapulario! –repetí en voz baja.

Mi amo se dio una vuelta en su lecho y siguió durmien-do. Sin pensarlo dos veces, me levanté con una determi-nación fija en la mente. Era mi última oportunidad. To-dos descansábamos vestidos, por si se producía un ataque musulmán en la noche. Así que, con todo sigilo, me fui hasta la puerta de la tienda y asomé la cabeza. Afuera no se veía nadie. Los vigilantes del campamento se situaban a bastante distancia de las primeras tiendas.

Me deslicé en silencio entre las sombras y, por la posición de las estrellas, comprobé que no había dormido durante unos instantes, sino varias horas. De modo que no faltaba mucho para el alba. Tenía que darme prisa, pues, de otro modo, todo el campamento se pondría en movimiento.

Llegué a las proximidades del pabellón de don Nuño y me oculté. Frente a su tienda vi que había tres soldados montando guardia. Si me enfrentaba a ellos se armaría un gran escándalo y todos mis planes se vendrían abajo. Así que, dando un gran rodeo, me acerqué reptando por el suelo a la parte trasera del pabellón del alférez. Tardé mucho tiempo, pues tenía que avanzar muy despacio para no dejarme oír. Ya se empezaban a escuchar algunos ruidos en el campamento. Alcé la lona, que estaba muy tensa, y raspándome la espalda hasta hacerme sangre, me vi pronto en el interior de la tienda.

Había una lámpara encendida que iluminaba tenuemente el recinto. Don Nuño estaba solo y dormía. Me aproximé a su lecho con las piernas temblándome de emoción. Por su camisa abierta asomaba una cinta morada. La así con los dedos y tiré suavemente de ella. Desde el interior de la camisa se deslizó, hasta poder verlo con mis ojos, un escapulario. Tenía este dibujo:

¡El mismo que me mostró el desgraciado truhán muerto en Roma por el golpe de una teja! Más una C. Me subió desde el estómago como un terremoto de alegría y tuve la sensación de haber logrado el triunfo mayor de mi vida. Mientras, afuera, escuché cómo el campamento estaba ya en pie, entre gritos de órdenes, sonidos metálicos de armas y relinchar de caballos. Por la lona se filtraba la pálida luz del amanecer.

Entonces sentí cómo una mano de acero me atenazaba la muñeca a la velocidad de un rayo. Don Nuño se había despertado.

–Bien, escudero –dijo con toda tranquilidad–; ha llegado tu hora, la que he estado aguardando tanto tiempo... Serás ejecutado por insubordinación... ¡Guardias!

Los tres hombres que permanecían afuera penetraron en la tienda esgrimiendo sus terribles mazas de hierro en disposición de ataque. Me vi perdido. De un tirón inesperado me desasí de la mano de don Nuño y, mientras daba un paso atrás, desenvainé mi espada y me dispuse a hacer frente a los tres soldados. Entonces recordé lo que, a fuerza de muchos ruegos, había logrado que fray Mateo me enseñara en la abadía. Yo también lo guardaba en secreto: era su lucha oriental aprendida en Cipango.

El soldado más alto me lanzó un golpe de maza, que esquivé, al tiempo que, dando un salto, clavaba mis talones en el mentón de los otros dos. Cayeron sin sentido como fardos. Don Nuño, entonces, se abalanzó sobre su espada, mientras yo dejaba fuera de combate al tercer guardia mediante un golpe con el canto de mi mano.

–Y ahora, señor alférez, defendeos vos solo...

–Con mucho gusto...

El combate a espada que mantuvimos en el interior de la tienda fue encarnizado y no sé cuánto duró. Mientras peleábamos, supe que afuera había comenzado la batalla. Escuché el griterío lejano de los soldados y los relinchos de los caballos. El polvo levantado por la caballería empezaba a penetrar en la tienda.

Don Nuño era un extraordinario combatiente, pero yo contaba con dos ventajas a mi favor: el deseo vehemente de hacer pública su traición y mi juventud. Tenía varios cortes en distintas partes de mi cuerpo y él también. Cuando su espada me rozó el rostro haciéndome otra herida, me lancé sobre él espoleado por una furia imparable. Le alcancé con un golpe en su mano derecha y soltó la espada lanzando un gruñido de dolor. Instantáneamente coloqué mi acero sobre su cuello.

–¡Un movimiento más y os atravieso aquí mismo! –le dije para intimidarle–. ¡Vamos! Caminad hacia la tienda de Su Majestad.

–Su Majestad sólo ordenará que te ejecuten por atacar al alférez supremo de las tropas cristianas... –dijo con pasmoso sosiego.

–No señor alférez... Su Majestad conoce cuál es el emblema de los conjurados porque yo guardo el escapulario que le quité en Roma a uno de vuestros sicarios... Y vos tenéis otro igual, con la C que identifica al jefe de la conjura...

Don Nuño empalideció levemente. Pero habló como si mis palabras no le hubiesen afectado...

–Está bien,... Está bien... Sabes que soy muy rico y que siempre elogié tus dotes... También tú puedes ser rico si...

–¡Basta! No quiero oír nada de eso... ¡Caminad!

En ese mismo momento, desde el campo de batalla, oí gritos cristianos que ensombrecieron mi ánimo.

–¡Retirada! ¡Retirada!

En el rostro de don Nuño se dibujó una pérfida sonrisa.

–¿De qué os reís, villano? –exclamé fuera de mí.

–Es inútil que ahora me mates o me conduzcas ante tu rey... Mis amigos los árabes van a ganar la batalla y desde don Alfonso hasta tu miserable persona todos seréis muertos o sometidos a esclavitud...

–¡Traidor! ¡Estáis aliado con los árabes!

Él me miró con gesto cínico.

–¡Por eso ordenasteis una táctica equivocada para la batalla! ¿Por qué? ¿Por qué habéis querido destruir a Su Majestad durante tantos años?

–Por venganza... Él persiguió y atacó a mi familia, el noble linaje de los Castro... En su asedio a nuestro castillo de Zorita, varios de mis familiares perecieron... Desde que era casi un niño, me juramenté para vengar a los míos... Con un apellido falso, logré introducirme y prosperar en la corte... Siempre tuve como objetivo acabar con la vida del rey y en todo momento fui aliado de los árabes...

Entonces, con gran alarma, me di cuenta de que los tres soldados abatidos, estaban de nuevo en pie a mi espalda. Me volví como una centella con mi espada dispuesta a hacerles frente. Pero uno de ellos dijo:

–Guarda tu espada... Hemos escuchado las últimas palabras del señor alférez... Te acompañaremos a conducirle hasta el rey y seremos tus testigos...

Cuando penetramos en la tienda de Su Majestad, el rey estaba dando paseos de un lado a otro con el rostro descompuesto ante el cariz que tomaba la batalla. A su lado se encontraba el cardenal de Toledo, don Rodrigo Jiménez de Rada. Al vernos pasar, llevando a don Nuño maniatado y herido, nos miró con ojos atónitos. Yo hinqué la rodilla en tierra.

–Majestad, aquí tenéis al traidor que buscabais desde hace tantos años...

El rey no sabía cómo reaccionar, pero debió de entrever la verdad en mis palabras. Miró a los guardias y ellos asintieron con la cabeza. Clavó los ojos en don Nuño y echó mano a su daga.

–¿Es eso cierto? –preguntó al alférez.

Don Nuño bajó la cabeza y no dijo nada.

–¡Contestad! ¡Contestad!

–Soy un Castro y tenía derecho a vengar a los míos...

La palidez del rey se hizo intensísima y sus labios temblaron.

–¿Vos un Castro? ¿Vengar? ¡Vuestra familia es la que me hizo daño a mí! Durante toda mi niñez, sin padre, quisieron hacerse dueños de mi persona para llegar a ser los amos y señores de Castilla!

Y, sin decir nada más, don Alfonso, presa de una terrible cólera, sacó su daga de la funda y la elevó en el aire dispuesto a acabar con don Nuño allí mismo. Yo, de un salto, me interpuse ante ambos.

—¡No! ¡Señor, no hagáis eso! Haced justicia como corresponde a un rey... ¡La batalla se está perdiendo! ¡Vamos a combatir! ¡Que ataquen las alas, señor! La táctica que ordenó don Nuño nos lleva al desastre... Está aliado con los árabes... ¡Vamos, señor! ¡Y poneos vos al frente!

Don Alfonso detuvo su daga en el aire y me miró fijamente, como si estuviese volviendo de una pesadilla. Después, ordenó a los soldados:

—¡Guardadle bien!

Acto seguido, se dirigió al cardenal de Toledo.

—Y ahora, señor cardenal, vayamos vos y yo a morir combatiendo si eso es lo que Dios nos tiene reservado... No olvidaré lo que has hecho, Fernando...

4
La victoria

Apenas las tropas vieron aparecer en el campo de batalla el estandarte del rey, un clamor de entusiasmo se elevó entre los cristianos. Yo busqué rápidamente a mi amo, que combatía ferozmente rodeado de musulmanes por todas partes. Al verme llegar, exclamó:

—¡Por cien mil diablos! ¿Dónde te habías metido? ¡Ya hablaremos, barbián!

—¡Señor! ¡He desenmascarado a don Nuño y está preso en la tienda del rey!

Me miró con estupor, y de no haber yo parado con mi espada el golpe que le lanzó un sarraceno, mi amo hubiese quedado muerto allí mismo.

—¡Combatamos, señor! Luego os lo contaré todo...

Y mi amo, después de oír tal noticia, reemprendió la lucha con más ardor que nunca.

Habían sonado las trompetas que ordenaban la movilización de las alas de nuestros ejércitos. Y mi señor, y mi rey, con todos los caballeros y sus huestes, presionaron por el centro con la mayor codicia.

–¡Vamos derechos hacia la tienda de Miramamolín! –voceó don Rodrigo. Junto a nosotros peleaban los bravos navarros y nuestro empuje fue incontenible. Como un pesado toro que embistiese contra un formidable obstáculo, con lentitud, pero imparable, fuimos ganando terreno paso a paso, entre el fragor metálico de las armas, los ayes de los heridos y el polvo que mascábamos entre los dientes. Vi a Su Majestad y al cardenal de Toledo, combatiendo como unos caballeros más y cómo la loma en que se hallaba Miramamolín estaba cada vez más cerca.

Los pobres esclavos negros encadenados empuñaban sus alfajes con gesto de terror, al ver que íbamos directos hacia ellos y no podían escapar. Se escuchó un griterío de desconcierto entre los árabes, que luchaban y volvían la cabeza continuamente para ver si su rey aún permanecía en la loma. Cuando la caballería navarra rompió el primer círculo de esclavos, todos vimos cómo Miramamolín se ponía en pie y, rodeado de varios caballeros musulmanes, desaparecía tras su pabellón.

–¡Señor! –grité yo–. ¡Miramamolín huye!

–¡Entonces la victoria es nuestra!

Las alas del ejército africano, al ver que su jefe abandonaba el campo, rompieron las formaciones y cada soldado trató de escapar por los campos buscando su propia salvación. Sólo el ejército del centro resistió casi una hora más. Pero, al fin, los ardorosos soldados navarros, lanzándose en avalancha, rompieron todos los cercos de esclavos y ocuparon la loma donde estuviera el estado mayor musulmán. Sobre ella, clavaron la bandera de su reino. Al verla ondear allí, todos los que participábamos en la batalla gritamos al unísono, levantando los brazos con nuestras armas.

–¡Victoria!

–¡Victoria!

Los restos de las tropas infieles huían desperdigados y parte de los nuestros les persiguieron durante varia leguas. Los peones pobres, con el consentimiento del rey, se dedicaron a tomar el botín del campamento moro y encontraron en él muchas piezas y objetos de oro y plata.

Cuando mi amo y yo nos acercamos a la loma, nos quedamos maravillados por un fenómeno al que no he hallado explicación en toda mi larga existencia. De las heridas de los desgraciados esclavos negros, que yacían en tierra sin vida, no brotaba una sola gota de sangre.

Cuando regresábamos al campamento y caía la tarde, el espectáculo del campo de batalla era desolador. Nuestras monturas avanzaban entre miles de guerreros y caballerías muertos y aún se oían desgarradores lamentos de los que sólo estaban heridos. Las aves carroñeras sobrevolaban nuestras cabezas.

–¡Maldita guerra! –exclamé yo.

–Es cierto –respondió mi amo con gesto de pesadumbre–, pero las contiendas entre los hombres parecen inevitables...

–Señor, ¿no llegará un día en que la guerra no exista?

¿En que los hombres resuelvan todos sus enfrentamientos platicando con razones?

–La verdad, Fernando; no lo sé.

Fuimos hablando sobre los sucesos de la madrugada en la tienda de don Nuño y, contándole los pormenores de mi aventura, don Rodrigo no salía de su asombro a cada una de mis palabras.

Al llegar al campamento, reunidos el rey, los caballeros y todos los obispos, abades y soldados, entonamos juntos el himno de alabanza a Dios que dice: *Te Deum laudamus, te Dominum confitemur,* mientras el sol se ponía por Occidente. Luego, nada más entrar en nuestra tienda, me derrumbé sobre mi colchón y me quedé dormido al instante.

Y, de pronto, abrí los ojos impresionado por algo frío que se precipitaba sobre mí desde el cielo. Entre sueños, pensé que una gotera me caía en la cara, allá en la pobre casa de mi infancia. No era eso. Un joven con los pelos de color zanahoria me estaba derramando sobre el rostro un cuenco de agua helada, y a su lado, formando corro, permanecían don Rodrigo, fray Mateo y otros caballeros y soldados, que se reían.

–¡Despierta, lirón! ¡Has dormido más de veinte horas seguidas! –dijo Pero Malo.

Yo me levanté de un salto.

–¡Voto a tal, Pero! ¡Me las pagarás!

Y me lancé sobre él dispuesto a propinarle una buena reprimenda, entre las risas de todos los que allí estaban. Pero en lugar de huir o defenderse se quedó quieto ante mí y abrió los brazos.

–¡Dame un abrazo, Fernando, amigo mío! Quería gastarte la última broma, la misma que te hicimos el día en que llegaste al alcázar siendo todavía un rapaz...

–¿La última broma?

Pero Malo me abrazó con fuerza, callado, mientras yo miraba a mi amo y a fray Mateo sin entender lo que ocurría. Por su expresión entendí que me preparaban una sorpresa. Por fin habló don Rodrigo.

–Ven con nosotros, Fernando; el rey nos aguarda.

–¿El rey? ¿Para qué?

–Anda, no preguntes y ven.

Atravesamos las tiendas del campamento y yo notaba cómo a mi paso toda la gente que encontrábamos dejaba de hacer lo que tenía entre manos para mirarme.

Cuando llegamos a la pequeña explanada que se abría frente al pabellón del rey, vi a Su Majestad en pie, ante un modesto altar improvisado y, junto a él, a los obispos, abades y todos los caballeros más notables. Rodeando la explanada había una muchedumbre de soldados y de gentes del campamento. Yo me detuve al borde del círculo humano, pero mi amo, de un cariñoso empujón, me echó al centro.

–Señor, ¿qué ocurre? ¿Qué...?

Sólo tuve que decir esto, porque, entonces, el rey en persona pronunció mi nombre.

–Fernando Fadrique... Acércate.

–Yo obedecí y me coloqué ante Su Majestad rodilla en tierra. Luego, con mucha solemnidad, don Alfonso VIII dijo:

–Nobles y caballeros de los reinos cristianos; cardenales, obispos y abades; soldados y sirvientes... Durante los últimos y azarosos años Fernando Fadrique me salvó la vida en tres ocasiones: siendo aún un niño, me indicó el camino para escapar al desastre de Alarcos... Unos meses después, evitó que fuese envenenado por un fementido traidor, cuyo nombre no quiero pronunciar, y ayer mismo desenmascaró a ese traidor para tener luego una actuación heroica en el combate, como corresponde a un hombre de gran talla... Pero, a lo largo de este tiempo, no sólo ha mostrado su valentía y tesón en las armas, sino también en las cosas del espíritu... Cuando llegó a nuestro alcázar de Toledo era un pobre niño sin ningunas letras... Hoy en día, sus saberes en todas las disciplinas son tan aventajados, que pocos hombres de su condición le igualan... Por eso, y en recompensa a tales méritos, comenzad la ceremonia, señor cardenal de Toledo...

Entonces lo comprendí todo y, mientras el cardenal pronunciaba las antiguas fórmulas de latín, se me puso la carne de gallina y las lágrimas empañaron mis ojos. El rey me pidió luego la espada, el viejo y querido acero de mi padre y, con toda ceremonia, la posó sobre mi hombro izquierdo y después sobre el derecho, mientras decía:

–Fernando Fadrique, yo, Alfonso, rey de Castilla, en este día solemne del diecisiete de julio de mil doscientos doce, tras la gloriosa victoria de las Navas, te armo y nombro Caballero, con todas las prerrogativas que tal título conlleva... Que Dios te bendiga.

Y aproximándose a mí, me dio el pescozón de ritual y me entregó de nuevo la espada. Al sentirla entre los dedos, la apreté con gran fuerza y en un instante recordé todos los avatares de mi vida; y a mi padre, la tumba de mi madre y la humilde casa donde pasé mis primeros años. Los lagrimones rodaban por mis mejillas y unas nuevas palabras del rey me trajeron a la realidad.

–Y en pago a tus servicios durante tantos años, de hoy en adelante serán tuyas, como se hará constar por escrito, las dos leguas en cuadro que se extienden alrededor de lo que fue tu casa paterna, a fin de que las hagas prosperar con provecho... Y, además, sabiendo que ése es el mayor anhelo de tu corazón, también te concedo...

Al llegar a esta palabra, el rey se quedó en suspenso durante unos momentos, que a mí me parecieron siglos. Cuando dijo lo que faltaba, a poco estuve de caerme desmayado.

–...También te concedo la mano de doña Inés de Talavera...

Me quedé como flotando en una nube. Noté que el rey me abrazaba, que muchos caballeros venían a saludarme y que, al fin, fray Mateo, Pero Malo y don Rodrigo me acogían entre sus brazos.

–¡Ven aquí, Fernando! ¡Jamás tendré otro escudero como tú!

–Señor...

–Ya no soy tu señor...

Estuvimos fundidos en un apretado abrazo no sé cuánto tiempo. Y durante esos instantes mi corazón fraguó una determinación que ansiaba poner en práctica sin pérdida de tiempo. Cuando terminaron todos los efusivos parabienes, corrí como un loco hasta nuestra tienda y desaté el caballo que don Rodrigo me había prestado para la batalla.

Le puse los arreos y la montura en un santiamén, salté sobre él y golpeé sus ijares con brío. Cuando el caballo saltó hacia delante para emprender el galope, oí a don Rodrigo que gritaba:

—¡Don Fernando! ¿Qué hacéis? ¿A dónde vais?

Cabalgué día y noche con la imagen de una muchacha rubia guardada en mi mente y adelanté a todos los emisarios que el rey había enviado a Toledo para dar la buena nueva de la victoria. Cuando vi a lo lejos la silueta del alcázar recortada sobre la luz del atardecer, los golpetazos de mi corazón parecía que iban a ahogarme. Como un vendaval atravesé sus puertas, mientras voceaba:

—¡Victoria! ¡Victoria! ¡Hemos derrotado a los árabes en las Navas! ¡Victoria!

Y después, sin descender de la cabalgadura, como hiciera fray Mateo muchos años atrás, metí el caballo en el interior del edificio y lo lancé al galope por los pasillos y escaleras, a la vez que iba gritando:

—¡Inés! ¡Inés! ¿Dónde estás? ¡Soy caballero y el rey me ha concedido tu mano! ¡Ineeeeés!

Epílogo

Esta crónica de mi mocedad termina aquí. Inés y yo nos casamos tres meses después en la capilla del alcázar, con gran pompa y la asistencia de los reyes. Desde entonces, hemos sido todo lo dichosos que pueden ser dos personas que se aman hasta la vejez.

Me embargó la emoción cuando pisé de nuevo las tierras de mi niñez. Aún existía la casa, pero completamente en ruinas. Y permanecía en pie la tosca cruz de madera sobre la tumba de mi madre, reseca por el sol y los aguaceros.

Sobre estas ruinas, mandé edificar una buena casa de labor, grande, pero modesta. Y, a su lado, una digna capilla que albergase la sepultura de mi madre. Hice prosperar mis tierras poniendo en práctica las enseñanzas agrícolas que había recibido de los monjes cistercienses. Y las poblé de siervos, a los que procuré tratar con dignidad cristiana.

Siempre que pude, intenté apartarme de la guerra, excepto cuando me llamaron mis soberanos para poner a su servicio mi persona y mis huestes.

Me dediqué, sobre todo, al cuidado de mis propiedades y al estudio. Me enorgullezco de haber reunido, poco a poco, una biblioteca que hoy cuenta con más de cinco mil libros de todas las disciplinas. Es famosa en muchos reinos y, a veces, me visitan sabios extranjeros para consultar algún volumen único. Y tras leer todos estos libros y caminar tantos años por la vida, he llegado a dos conclusiones sencillas: que toda criatura es sagrada –personas, animales, plantas y minerales–, y que la mayor virtud que puede atesorar un hombre es la bondad.

Tuvimos tres hijos y dos hijas, que hoy prosperan lejos de nosotros.

En cuanto a las dos personas que más estimé en la vida, don Rodrigo y fray Mateo, tras una existencia consagrada al servicio de Dios, de nuestros reinos y de nuestros monarcas, dejaron este mundo en 1230 y 1221 respectivamente. Lloré amargamente su pérdida, pues habían sustituido, para mí, a los padres que perdí tan pronto.

Mi gran amigo Pero Malo, de improviso y sin que nadie sospechase antes sus intenciones, profesó de fraile cisterciense en la abadía que yo conocí. Hoy en día ocupa en la corte, al lado de nuestro señor Alfonso X, *el Sabio*, el mismo cargo que ejerció fray Mateo junto a Alfonso VIII.

En 1237, contando yo cincuenta años y estando en Francia con una embajada, se cumplió la cita que Curro y yo habíamos fijado en Roma para cuando a Dios le pluguiese. Me lo encontré en París, con su carro, sus burros y sus hijos, en medio de un corro de curiosos que admiraban las canciones, bailes y cabriolas de la familia. Le ofrecí que se viniese conmigo a mis tierras, para ayudarme en su gobierno, pues tenía la misma edad que yo y me pareció que estaba cansado de los caminos. Pero me dijo que no. Su sino era caminar hasta la muerte por las veredas del mundo. Así que nos citamos de nuevo para cuando a Dios le pareciera bien, y aún espero distinguirle alguna jornada, en la lejanía, acercándose a estos campos.

Ahora, Inés y yo, cuando llega el buen tiempo, nos sentamos a la puerta de nuestra casa para ver declinar el día. Y mientras contemplamos cómo el sol se acuesta tras los lejanos cerros, sin darnos cuenta, unimos nuestras manos y permanecemos así hasta que cae la noche.

La espada de mi padre yace inmóvil desde hace muchos años, y siempre reluciente, sobre la tumba de su esposa.

Datos históricos

La historia del valiente Fernando Fadrique transcurre a finales del siglo XII y principios del XIII en el reino de Castilla. Corre, pues, la Edad Media. Durante esta época, la Península Ibérica se halla dividida en cuatro reinos cristianos situados al Norte (Castilla, Aragón, Navarra y Portugal), y varios pequeños reinos árabes que se extienden por el Sur.

Entre 1195 y 1212, fechas exactas en que transcurre la acción de nuestro relato, los principales hechos históricos dignos de mención son los siguientes:

1195. –Batalla de Alarcos. El rey de Castilla Alfonso VIII sufre una gran derrota frente a los árabes en las proximidades de la actual Ciudad Real. En esta batalla muere el padre de Fernando.

1198. –Inocencio III inicia su papado con cuarenta y tres años de edad. Fernando le visitará en 1205 acompañando a su amo.

1200. –Alfonso VIII de Castilla, el protector de Fernando, guerrea en Vitoria y Guipúzcoa, incorporando ambos territorios a la corona castellana.

1200. –Por esta época se extiende por el sur de Francia la herejía de los cátaros o albigenses. Fernando, en su viaje a Roma, tendrá algo que ver con ella.

1203. –En la lejana Asia, el famoso Gengis Khan, caudillo de los mongoles, inicia sus victoriosas campañas.

1208. –El rey Alfonso VIII de Castilla funda la Universidad de Palencia, que será la primera en España.

1212. –Gran batalla de las Navas de Tolosa, donde participa Fernando. Alfonso VIII, en unión de Pedro II de Aragón y Sancho VII de Navarra, inflige una severa derrota al rey Miramamolín en las proximidades de Úbeda.

1195–1212. Durante todo el período de tiempo en que transcurre nuestra historia, se dan las siguientes circunstancias permanentes:

–Reina en Aragón Pedro II.

–Reina en Navarra Sancho II *el Fuerte*.

–En los territorios y ciudades conquistados por los árabes, o reconquistados posteriormente por los cristianos, viven en relativa buena armonía cristianos, musulmanes y judíos.

–Funciona en Toledo (reino de Castilla) la llamada *Escuela de Traductores*. En ella, equipos de expertos (especialmente judíos y musulmanes), traducen al latín obras de sabios árabes y de la antigüedad griega y romana. Se trata de uno de los centros culturales más importantes de Europa en aquella época. En esta Escuela trabaja fray Mateo.

–En lo que se refiere al arte, durante estos años se está produciendo el paso del estilo románico (de arcos redondos) al estilo gótico (de arcos en pico). Los monjes cistercienses, en una de cuyas abadías españolas permanece Fernando tres años, tendrán cierta influencia en este cambio.

Glosario

Al–Andalus. Nombre con el que los árabes denominaban a la Península Ibérica.

Alcaide. Era el jefe de los soldados que guardaban y custodiaban un castillo, fortaleza o alcázar.

Alcázar (de Toledo). La palabra *alcázar* significa lo mismo que *fortaleza*. El de Toledo fue construido por los árabes poco después de conquistar la península (siglo VIII). Sobre esta primera fortaleza, los cristianos edificaron después otras. En ella tuvo su corte Alfonso VIII y otros reyes castellanos. El Alcázar de Toledo actual, aunque situado en el mismo lugar que el antiguo, no tiene nada que ver con el que se describe en la narración.

Alfanje. Sable árabe ancho y curvo.

Aguamanil. Pequeña palangana o pila portátil destinada a lavarse las manos. Los nobles las usaban en medio de las comidas varias veces. También se llamaba *aguamanil* al jarro con el que se echaba el agua sobre la palangana o pila.

Azagaya. Lanza árabe, corta y ligera, muy manejable.

Barbián. Desenvuelto, simpático.

Bergante. Pícaro, desvergonzado.

Cañada. Camino para rebaños transhumantes.

Casetones. Plural de casetón. Adorno cuadrado o rectangular, en relieve, que se aplica en techos, muebles o puertas.

Cisterciense. Monje perteneciente a la orden del Císter. Esta orden nació en Francia en el siglo XI y se extendió después por otros países. Los cistercienses introdujeron en España el estilo gótico. Fueron expertos agricultores.

Corán. El libro religioso principal de los árabes. Se trata, como si dijéramos, de la Biblia musulmana.

Claustro. Galerías con arcos que rodean el patio principal de una iglesia o convento. Estos patios son, generalmente, cuadrados.

Chambrilla. Diminutivo de *chambra*. Es una blusa de mujer, pero la palabra puede aplicarse también a la camisa de un niño como Fernando.

Dinero. Aquí esta palabra no significa «dinero» en general, tal como hoy lo entendemos nosotros. Es el nombre de una moneda concreta que circulaba en la Castilla medieval. Tenía poco valor.

Dosel. Se llama así al techo que hay sobre las camas antiguas con columnas.

Dueña. Mujer, generalmente viuda, que en las casas importantes o en los castillos, era la jefa de las criadas. A su vez, ella era también una criada, sólo que la más importante.

Enlorigado (caballo). O sea, caballo con loriga. La loriga era una especie de armadura (metálica o de cuero) que protegía el pecho de las caballerías en sus batallas.

Escaño. Cualquier clase de asiento (silla, sillón, banco, etc.).

Escapulario. Un escapulario está compuesto por dos rectángulos de tela fuerte (fieltro), que llevan bordado algún dibujo. Ambos rectángulos están unidos por dos cintas. Metiendo la cabeza entre ellas, uno de los rectángulos queda sobre el pecho y el otro sobre la espalda. Los escapularios se utilizaban, y se utilizan, como símbolo de cofradías y órdenes religiosas.

Galopín. Muchacho pobre y algo pícaro. Se puede decir en tono cariñoso.

Gleba. La tierra, especialmente la de cultivo. *Siervo de la gleba* es un campesino sin tierras, que cultiva las de su señor, del que es siervo.

Horas. La Iglesia, desde los tiempos más antiguos, dividió el día en varias horas para realizar ciertas oraciones cotidianas. Estas horas son: *laudes* (al amanecer), *prima* (siete de la mañana), *tercia* (nueve de la mañana), *sexta* (doce del mediodía), *nona* (tres de la tarde), *vísperas* (al anochecer), *completas* (ya entrada la noche). El pueblo también utilizaba estas denominaciones en ocasiones.

Huestes. Ejércitos.

Ínsula. Isla.

Legua. Medida de longitud antigua. La legua castellana equivalía a 5 kilómetros y medio.

Macero. En la antigüedad, sirviente principal cercano al rey.

Maravedí. Moneda antigua que ha tenido distintos valores según las épocas (se utilizó hasta el siglo XIX). En los tiempos de nuestra narración valía, comparándola con las monedas actuales, algunos cientos de euros.

Masculillos. Broma pesada que se practicaba en los campos de La Mancha. Consistía en inmovilizar a un chico, entre otros varios, para echarle luego puñados de tierra dentro del pantalón.

Mesnada. Ejército que luchaba a las órdenes del rey o de un caballero poderoso.

Novicio. Aspirante a fraile. El novicio no pertenece aún, verdaderamente, a la orden donde quiere ingresar.

Péñola. La pluma de ave con que se escribía o dibujaba en la antigüedad.

Peón. En los ejércitos antiguos, los peones eran los soldados sin caballo, que tomaban parte en la batalla a pie. Eran soldados pobres.

Pie. Es un submúltiplo de la legua. Una legua tiene 20.000 pies. Un pie equivale a 27,8 centímetros.

Poterna. En las murallas de fortalezas, castillos o ciudades, puerta secundaria, menor que las principales.

Profesar. Nos referimos a profesar de fraile en una orden religiosa. Se profesa cuando verdaderamente se entra a formar parte de la orden, acatando sus reglas y votos para toda la vida.

Siervo. En la antigüedad había varias clases de siervos. En la narración esta palabra se refiere al siervo que trabajaba las tierras del rey o de un noble. A veces el siervo era como una posesión de ese rey o noble, que podía vender junto con la tierra.

Sillar. Cada una de las piedras con que se construyen los muros de un gran edificio. O sea, son como ladrillos grandes de piedra.

Vara. Submúltiplo de la legua. Una legua tiene 6.666 varas. Una vara equivale a 83,6 centímetros.

Visir. Ministro de un rey musulmán.

ÍNDICE

José Luis Velasco

Pasó su infancia en La Mancha y siempre pensó que aquel paisaje inolvidable fue decisivo en su temprana vocación literaria. Era también ilustrador y dibujante de historietas. Vivió la mayor parte de su vida en Madrid.

Le concedieron el Premio Gran Angular de Literatura Juvenil y el premio Woody de Relatos Fantásticos; y además quedó finalista del Premio Alfaguara de novela y del Premio UVE de relatos de terror.

En su larga trayectoria literaria ha publicado tanto novela juvenil como de adultos y numerosos relatos cortos.

Bambú Grandes lectores

Bergil, el caballero perdido de Berlindon
J. Carreras Guixé

Los hombres de Muchaca
Mariela Rodríguez

El laboratorio secreto
Lluís Prats
y Enric Roig

Fuga de Proteo 100-D-22
Milagros Oya

Más allá de las tres dunas
Susana Fernández Gabaldón

Las catorce momias de Bakrí
Susana Fernández Gabaldón

Semana Blanca
Natalia Freire

Fernando el Temerario
José Luis Velasco

Tom, piel de escarcha
Sally Prue

El secreto del doctor Givert
Agustí Alcoberro

La tribu
Anne-Laure Bondoux

Otoño azul
José Ramón Ayllón

El enigma del Cid
Mª José Luis

Almogávar sin querer
Fernando Lalana,
Luis A. Puente

Pequeñas historias del Globo
Àngel Burgas

El misterio de la calle de las Glicinas
Núria Pradas

África en el corazón
M.ª Carmen de la Bandera

Sentir los colores
M.ª Carmen de la Bandera

Mande a su hijo a Marte
Fernando Lalana

La pequeña coral de la señorita Collignon
Lluís Prats

Luciérnagas en el desierto
Daniel SanMateo

Como un galgo
Roddy Doyle

Mi vida en el paraíso
M.ª Carmen de la Bandera

Viajeros intrépidos
Montse Ganges
e Imapla

Black Soul
Núria Pradas

Rebelión en Verne
Marisol Ortiz
de Zárate

El pescador de esponjas
Susana Fernández

L.
Mónica Rodríguez

La Montaña del Infierno
Marisol Ortiz
de Zárate

Heka. Un viaje mágico a Egipto
Núria Pradas

Raidho. Un viaje con los vikingos
Núria Pradas

Koknom. Una aventura en tierras mayas
Núria Pradas

Cómo robé la manzana más grande del mundo
Fernando Lalana

Viajeros audaces
Montse Ganges /
Imma Pla

La Montaña del Infierno
Marisol Ortiz de
Zárate